예지몽으로 히든랭커 34

2023년 9월 15일 초판 1쇄 인쇄
2023년 9월 20일 초판 1쇄 발행

지은이 이현비
발행인 강준규

기획 이기헌 왕소현 임동관 박경무 강민구 조익현
책임편집 백승미
마케팅지원 이원선

발행처 (주)로크미디어
출판등록 2003년 3월 24일
주소 서울시 마포구 마포대로 45 일진빌딩 6층
Tel (02)3273-5135 **Fax** (02)3273-5134
홈페이지 rokmedia.com **E-mail** rokmedia@empas.com

값 9,000원

ISBN 979-11-408-0584-6 (34권)
ISBN 979-11-354-9382-9 04810 (세트)

예지몽으로
히든랭커

이현비 게임 판타지 장편소설 ◇34◇

CONTENTS

베로트 시티   7

새로운 이주민   19

다이트 용병단   51

드워프족 구하기   65

마신전 깨기   77

랭스터 마신전   115

마신 라케움의 총신전 공략   149

성자 라온과 성녀 아나샤의 등장   161

엘프족 구하기   193

나무 요정 아르보르   225

마란타 시티   239

마르앙 시티로   263

장악   285

베로트 시티

가온은 저녁 식사를 마친 후 구출한 사람들에게 사흘 치에 해당하는 식량과 일전에 그들이 사용했던 천막을 내놓았다.

"날이 너무 궂으면 무리해서 이동할 필요가 없습니다."

"같이 안 가시나요?"

"따로 할 일이 있습니다."

이미 너무 많은 은혜를 받은 사람들은 그 말에 더 이상 묻지 않았다.

그렇게 가온이 서둘러 구한 사람들과 헤어진 이유는 단순했다. 자신도 그렇지만 자신의 사람들이 굳이 이곳에서 추운 밤을 불편한 이들과 함께 보낼 필요가 없다고 생각한 것이다.

무엇보다 사랑스러운 세 아내를 두고 뭐 하러 이곳에서 밤을 보내랴.

다음 날 새벽에 마툰 차원으로 건너온 가온은 거짓말처럼 강풍과 폭설이 사라진 평화롭고 고요한 설산을 맞이했다. 지구나 이곳이나 날씨는 참 변덕스러웠다.

곧 하늘이 천천히 밝아지면서 붉은 해가 설산들 사이로 떠오르기 시작했다.

지구에서도 탄 차원이나 아이테르 차원에서도 이렇게 멋진 일출은 구경하지 못했기에 한참 동안 정신을 놓고 구경했다.

가온이 움직인 것은 해가 완전히 떠오른 후였다.

"가자!"

이런 날씨라면 비행이 제격이었다.

그렇게 출발했지만 해가 질 무렵에야 베로트 시티에 도착할 수 있었다.

비행을 선택했으니 당연히 두세 시간이면 도착할 수 있었는데 중간에 땅으로 내려가서 네 번에 걸쳐 사냥을 했다.

앞으로 이곳에서 요긴하게 부리게 될 것 같은 설인족 구울들의 먹이로 활용하기 위해서 마수화된 늑대 두 무리와 들소한 무리 그리고 오크 한 무리를 처치한 것이다.

각 무리는 1천 마리 이상이었지만 굳이 아니테라에서 전사들을 소환하지는 않았다. 오랜만에 투명화 스킬을 사용한 상태에서 마나탄으로 머리에 구멍을 뚫는 방식으로 사냥했다.

보이지도 들리지도 않는 사냥꾼의 존재에 공포에 질린 일부가 도망을 쳤지만 굳이 쫓지는 않았다. 스킬의 숙련도를 높이기 위한 사냥이었기 때문이다.

'보유하고 잘 쓰지 않는 스킬이 너무 많아.'

가온은 자신의 태만을 반성했다. 그래서 자신이 가장 자주 사용하고 위력이 뛰어난 마나탄의 스킬 레벨을 올리려는 것이다.

그냥 마나만이 아니라 화기부터 시작해서 신성력까지 이용해서 수천 번에 걸쳐 마나탄을 만들고 발출하는 과정에서 기어코 스킬 레벨을 2에서 3으로 올릴 수 있었다.

또한 파워 드레인 스킬 역시 스킬레벨을 1이나 올릴 수 있어서 무척 의미 있는 시간이었다.

그런 과실을 거두고 도착한 베로트는, 설산 산맥을 배후로 두고 양편에는 눈 녹은 물이 흐르는 거센 강줄기를 끼고 있었고 전면에는 드넓은 초지가 있었다.

특이하게 양편에 있는 강물의 일부를 끌어들여서 외성의 해자와 내성의 해자로 삼은 베로트는 다른 차원을 기준으로 해도 굉장히 큰 도시였다.

계획도시는 아니었지만 직경이 3킬로미터 정도나 되는 내성뿐 아니라 외성의 3할에 해당하는 땅에는 주로 목조건물들과 흙벽돌로 지은 집들이 빼곡하게 들어서 있었다. 그리고 외성의 나머지 땅은 농경지로 한창 자라고 있는 밀과 호밀로 푸르렀다.

다음으로 대기의 에너지 조성을 살펴봤는데 성 외부는 자연지기와 정령력 그리고 마나가 탄 차원에 비해서 2할에도 못 미쳤다. 사람들이 말한 대로 마기가 농후했다.

하지만 안쪽은 다를 것이다. 같은 환경이라면 생물들이 제대로 생활하기 힘들 테니 말이다.

'베로트는 어떤 방법으로 에너지 이변 현상을 막는 걸까?'

일단 눈에 띄는 것은 없었다. 그래서 심안 스킬을 발동했더니 그 이유를 확인할 수 있었다.

'역시 초대형 결계 혹은 마법진이 만든 투명한 반구형 막이 도시를 보호하고 있군.'

그리고 그 막은 마기의 침투를 막는 효과를 가지고 있을 것이다.

가온은 도시의 경비병들이 문 주위로 모여드는 것을 보고 황급히 달리기 시작했다. 해 질 때가 되자 문을 닫으려는 것이었다.

다행히 그가 달려오는 모습을 보고 경비병들이 동작을 늦춘 덕분에 문이 닫히기 전에 도시로 들어갈 수 있었다.

"어디서 오는 길이오?"

경비병 중 유난히 기도가 날카로운 사내가 물었다.

"설인족과 관련된 의뢰 때문에 잉겔산 부근에서 오는 길입니다."

"이런! 엄청나게 추웠을 텐데 고생했소."

경비 조장 정도로 추정되는 나이가 많은 경비병은 내색하지 않았지만 의심을 푼 얼굴이 되었다.

다른 질문은 없는 것을 보면 사람들의 출입은 비교적 자유로운 것 같았지만, 그건 오해였다. 다른 경비병 하나가 백색의 테두리와 손잡이가 있는 거울을 그에게 비추었다.

'신성력!'

놀랍게도 그를 비춘 거울의 유리 면에서는 신성력이 방출되고 있었다. 거울은 마기를 감지하는 아이템이었다.

그러고 보니 성벽 위, 잘 보이지 않는 곳에 익스퍼트 중급 정도로 보이는 전사 네 명의 존재를 감지할 수 있었다. 출입이 자유로운 것 같으면서도 상당히 철저하게 관리를 하고 있었다.

'괜찮네.'

느슨한 것 같지만 마신의 추종자나 마인을 적발하기에 아주 적합한 조치였다. 국가 단위가 무너져서 신분증이라는 것도 유명무실했고, 신분을 숨기려면 얼마든지 숨길 수 있으니 말이다.

"의뢰라고 하는 걸 보니, 용병이오?"

"그렇습니다."

"처음 보는 얼굴 같은데……."

경비 조장이 베로트에서 활동하는 모든 용병의 얼굴을 다 아는 건 아니지만 이런 소리를 하는 이유가 있었다.

가온은 아주 잘생기고 단련된 몸을 가진 청년이었다. 이곳이 근거지라면 당연히 눈에 들어왔을 것이다.

"우리 아니테라 용병단의 근거지는 설산 산맥 너머에 있는 안타레입니다. 지금은 미신의 추종자들과 관련된 의뢰를 수행하고 있고요. 그리고 베로트에는 정보를 구하기 위해서 왔습니다."

"아! 안타레는 괜찮소?"

안타레라는 말에 경비조장의 눈에 남아 있던 의심의 빛이 말끔하게 사라졌다. 그 역시 가 본 적은 없지만 안타레가 얼마나 고립된 곳인지 아는 것 같았다.

"그쪽도 에너지 이변 현상으로 인해서 우리와 같은 용병들의 활동이 많이 위축되었습니다."

"후유! 세상이 어떻게 되려고 그런 곳까지. 아무튼 잘 왔소. 바로 정보 길드로 갈 생각이오?"

"그러려고 합니다만."

"가 봐야 이미 문을 닫았을 거요. 거긴 해가 있을 때만 문을 여니 말이오."

"그렇군요. 그럼 묵을 곳을 추천해 주시겠습니까?"

가온은 그렇게 말하면서 손바닥 크기의 육포 한 조각을 슬쩍 건네주었다. 금전보다 나을 것 같아서 준비한 것이다.

"흐음. 외성의 상업 지구에 '수사슴의 뿔'이라는 선술집이 있소. 음식도 맛있는 편이고 숙박도 겸하는데 가격 대비 잘만할 거요."

경비 조장은 횡재를 했다는 얼굴로 빠르게 육포를 받아 챙긴 후 한 곳을 추천해 주었다.

"감사합니다. 하나만 더 묻겠습니다."

"뭐든 물어보시오."

"혹시 이계인에 대해서 들은 말이 있으면 좀 알려 주십시오."

"이계인?"

경비조장은 베로트를 처음 찾아온 용병이 뜬금없이 이계인을 언급하는 것이 의아한 모양이다.

"잉겔산을 지나다가 만난 설인족에게 들으니 그들이 우리 세상에 건너온 이유가 마신과 관련된 의뢰 때문이라고 하더군요. 우리 역시 비슷한 의뢰를 수행하는 중이라서 그들이 따로 아는 정보가 있으면 좀 들으려고 합니다."

"거기까지 퍼진 줄은 몰랐는데 설인족들도 이계인들에 대한 소문을 알고 있었군. 맞소. 확실히 그렇다고 하더군."

경비 조장은 그렇게 말하면서 이계인들이 거의 전용으로 사용한다는 여관을 알려 주었다.

그렇게 가온은 육포 한 조각으로 꼭 필요한 정보를 얻었고 가벼운 걸음으로 멀리 보이는 외성의 상업 지구로 향했다.

　아니테라에서 시간을 보내다가 아침 시간에 맞추어 마툰 차원으로 건너온 가온은 식당으로 내려가서 숙박료에 포함된 아침 식사를 했다.

　몇 번이나 거듭 끓였는지 모를 육수에 곡물가루와 채소를 썰어 넣은 수프에 딱딱한 빵이 전부인 식사였지만, 가온은 아니테라에서 한바탕 땀을 흘리고 씻은 후에 넘어온 터라 맛있게 먹었다.

　식사가 끝나 갈 때쯤에 방이 있는 2층에서 세 명이 내려왔다.

　'이계인?'

　전사로 추정되는 두 명이 착용한 방어구의 디자인이 영락없이 탄 차원의 그것이었고 특히 마법사로 추정되는 여인이 착용한 로브의 가슴 어름에 새겨진 문양이 아주 익숙했다.

　그건 탄 차원에서 가장 강력한 세력을 가진 열화의 마탑을 상징하는 화염 문양이었다.

　'강자들이군.'

　심안으로 살펴보니 두 남자는 익스퍼트 최상급 실력자였고, 여자는 6서클 마법사였다. 이 마툰 차원은 물론 탄 차원에서도 극소수의 강자였다.

가온은 식사를 마치고 바로 출발해서 내성으로 들어가려고 했던 마음을 접고 종업원에게 차를 시켰다. 차라고 해 봐야 뭔지 알 수 없는 풀잎을 우려낸 것이지만 말이다.

"그러니까 힘을 모으는 것과 동시에 우리 쪽의 권익을 위해서 우리도 용병단을 만들자는 겁니까?"

"그렇소. 보우 경도 들었겠지만 다이트 제국 측이 3황자를 중심으로 용병단을 만들어서 힘을 모으고 있는 상태니까 우리도 같은 방식으로 힘을 모아야 하오."

오크만큼이나 근육이 발달했지만 키가 좀 작은 장년 전사의 말에 정제된 기도로 보아 기사로 추정되는 동년배의 사내가 낮지만 힘이 실린 대답을 했다.

"쉬센 경의 말이 맞아요. 그들과 우리가 받은 의뢰는 크게 다르지 않아요. 그쪽은 마신 라케움에 대한 의뢰를 받았지만 우리는 마신 크렛과 관련된 의뢰니까요. 그쪽은 일곱 명이나 되지만 우리는 셋밖에 안 되는 상황에서 더 늦게 건너왔으니 그들이 해온 방식을 답습하는 것도 나쁠 것 같지 않아요. 그들도 이곳 상황에 맞추어서 가장 빨리 의뢰를 해결할 수 있는 방법을 찾은 걸일 테니까요."

"차라리 그들과 손을 잡는 건 어떨까?"

"목표가 다른데 굳이 그럴 필요가 있을까요? 차라리 그들처럼 용병단을 만들어서 세력을 확장하는 동시에 마나와 마력을 빨리 회복할 수 있는 방법을 먼저 찾아야 해요. 그래야

자체적으로 의뢰를 수행하던지 그쪽과 연합을 하는 경우에
도 우리가 주도권을 쥘 수 있어요. 다른 왕국 출신들이 그들
과 교류는 하지만 다이트 용병단에 가입하지 않은 것은 다들
우리처럼 판단하고 있다는 것을 증명해요."

트롬 제국은 탄 대륙의 동북부에 있으며 산악 지형이 많아
서 실력이 뛰어난 전사가 많기로 유명하다는 얘기를 들은 바
있었다.

'이들까지 합해서 이계인만 벌써 열 명이라.'

예상이지만 탄 차원 출신의 차원 용병 중 상당수가 이곳
마툰 차원으로 건너온 것 같았다.

만약 그게 사실이라면 시스템은 마툰 차원의 일이 그만큼
심각하며 이곳에서 벌어지는 차원 융합의 영향이 크다고 판
단한 것 같았다.

물론 차원 의뢰를 선택하는 건 자유지만 유난히 높은 보상
을 내걸었으니 자신의 실력에 자신이 있는 강자라면 마툰 차
원과 관련된 의뢰를 받아들였을 것이다.

'재미있겠어!'

마치 지구의 플레이어들이 탄 차원을 무대로 활약을 하는
것처럼 탄 차원의 강자들이 이곳 마툰 차원을 무대로 활동을
하는 것이다.

다만 차이는 확실했다. 전자의 경우 경지는 일천하지만
빠르게 성장이 가능하며 죽어도 실제로는 죽지 않는 플레이

어들이 탄 차원에 닥친 차원 융합을 해결하는 것이지만 후자의 경우에는 최소 익스퍼트급 강자들만 이곳으로 직접 건너와서 목숨을 내걸고 차원 융합과 관련된 의뢰를 수행하는 것이다.

가온은 서로 경쟁 구도가 형성되고 있는 것으로 보이는 탄차원 출신의 강자들을 하나로 모으면 자신의 의뢰를 달성하는 데 큰 도움이 될 거라고 생각했다.

이곳에 얼마나 많은 마신의 추종자들이 있는지도 아직 파악하지 못한 상황이라서 섣부른 계획이고 결코 쉬운 일은 아니지만, 가능하기만 하다면 의뢰를 완수하는 시간을 크게 줄일 수 있을 것이다.

'일단 3황자의 행방을 찾았으니 다이트 제국의 의뢰는 해결한 것이나 마찬가지네.'

거기까지 생각한 가온은 빈 찻잔을 내려놓고 여관을 나섰다.

새로운 이주민

가온은 사람들에게 물어 찾아온 거리에 멈춰 서서 황망한 얼굴로 거리 양쪽을 번갈아 쳐다봤다.

'헐! 하나가 아니네.'

정보 길드라는 간판을 걸고 있는 건물이 하나가 아니라 열 개가 훨씬 넘었다.

'아! 라친다라고 했지.'

겨우 이름을 떠올렸다. 설인족의 샴 족장이 말하길 대륙 중부에 가장 지부가 많은 길드라고 했다.

라친다 길드는 내성에서도 드문 3층짜리 건물로 입구부터 꽤나 고풍스러웠는데, 아직 일러서 그런 것인지는 몰라도 사람들이 문밖까지 가득한 용병 길드와 달리 드나드는 사람이 거의 없었다.

안으로 들어가니 창구 다섯 개가 바로 눈에 들어왔다.

이제 막 출근을 한 건지 아직 업무를 시작하지 않은 건지는 몰라도 상담원으로 보이는 단정하게 차려입은 남녀들이 차를 즐기고 있었다.

가온이 들어가자 그중 한 청년이 재빨리 창구에 앉기에 그쪽으로 향했다.

"어서 오십시오, 손님. 라친다 정보 길드에 방문하신 걸 환영합니다. 판매, 거래, 구입 중 어느 것을 원하십니까?"

가온은 생소한 단어에 잠깐 의아했지만 정보를 팔 것인지, 거래할 것인지 아니면 구할 것인지를 묻는다는 것을 알아차렸다.

"구하려고 합니다."

"어떤 내용인지 말씀해 주시면 바로 안내해 드리겠습니다."

"대륙에 산재한 마신의 신전 위치가 필요합니다. 아! 그리고 마계에 연원을 둔 것으로 알려진 던전의 위치에 대한 정보도요."

가온의 말에 청년은 물론 대화를 나누고 있던 이들의 이목이 이쪽으로 쏠렸다.

"마신전과 마계 던전의 위치만 원하시는 거면 둘 다 C급입니다. 가격은 둘 다 200골드이고요."

C급이라면 높은 등급은 아니다. 그만큼 지금의 마툰 차원에는 마신의 신전이 많이 세워졌으며 널리 알려진 것 같았다.

　그리고 골드로 통역이 되었지만 가온은 분명 굴덴이라는 단어를 들었다. 아마 시스템이 가온에게 익숙한 골드로 번역을 해 준 것 같았다.

　'그러고 보니 이쪽 세상의 화폐를 구하는 문제를 까먹었네.'

　그렇다고 다시 나갈 필요는 없었다. 마수와 몬스터가 존재하는 세상이라면 마정석이 화폐 역할을 하니 말이다.

　"마정석으로 셈을 해도 될까요?"

　"당연하지요. 다만 3%의 수수료가 있습니다."

　그 정도야 무시해도 된다.

　가온은 오다가 사냥한 오크에게서 얻은 마정석 가운데 중급 마정석을 꺼냈다.

　"이곳은 초행이라 마정석 시세를 잘 모릅니다. 이 등급으로 계산하려면 몇 개나 필요합니까?"

　"중급이군요. 20개면 될 것 같습니다."

　그렇다면 중급 마정석 하나에 20골드 정도인 모양이다.

　가온은 따로 챙겨 둔 가죽 주머니 중 하나를 품에서 꺼내어 그 안에 있는 마정석으로 셈을 치렀다.

　"자료는 이미 준비되어 있으니 잠깐만 기다려 주세요."

청년은 그렇게 말하며 자리에서 일어났는데 가온이 원한 정보는 다른 이들도 많이 찾는지 이미 몇 부를 복사해 둔 모양이다.

그때 모여서 이쪽에 주의를 기울이던 상담원들과 달리 따로 떨어져 있던 여자가 가온을 향해 움직였는데, 지구의 휠체어와 비슷한 보조 기구를 타고 있었다.

'호오! 익스퍼트 중급!'

차가운, 아니 돌처럼 단단해 보이는 인상을 풍기는 여인은 나이가 대략 30대 초반인 것으로 봐서는 굉장한 실력자 같은데 안됐다는 생각이 들었다.

휠체어를 탈 정도라면 최소한 하체 마비이거나 그에 준하는 장애를 가진 것이다.

탄 차원이나 아이테르 차원을 기준으로 해도 그 나이에 익스퍼트 중급이라면 타고난 자질에 더해 노력을 경주하지 않으면 안 되는데, 이런 몸이 되었으니 얼마나 상심을 했을까.

"안녕하세요. 전 마리라고 해요."

"아니테라 용병단의 온 훈입니다."

"혹시 의뢰인가요?"

자료가 필요한 이유를 물어보는 것이 분명하기에 고개를 끄덕이던 가온은 자신도 모르게 심안을 펼쳤고 마리라는 여인이 휠체어에 앉아 있는 이유를 알 수 있었다.

'마나로드가 막혔어!'

흔히 마나 심법으로 마나로드를 뚫는다고 하는데 그건 잘못된 표현이다. 뚫는 것이 아니라 확장을 하는 것이다.

마나로드는 막힌 것이 아니라 아주 가느다랗게 뚫려 있어 마나가 흐르기 때문이다.

그런데 이 여인의 경우 아예 마나로드가 막혀 있었다. 혈관은 정상이라 혈액의 흐름은 느려도 흐르지만, 마나로드가 완전히 막혀 있어서 마나의 영향을 강하게 받는 신경망이 작동을 하지 않는 것이다.

'이상하네. 왜 몸에서 마기가 느껴지는 거지?'

그런 생각을 할 때 자료를 가지러 갔던 청년이 돌아왔다.

"마리 님, 오늘부터 출근은 하셨지만 길드장님이 일주일 동안은 상담하는 과정만 지켜보라고 하신 것 기억하시죠?"

"그래서 가까이에서 지켜보려고."

"의욕이 전혀 없으셨던 것 같은데 다행이네요. 아, 손님, 이건 마신전의 위치가 기록된 지도입니다. 정밀한 것은 아니지만 우리 길드가 보유하고 있는 마신전에 대한 위치 정보는 빠짐없이 표시되어 있습니다."

이어서 마계에 연원을 둔 던전의 위치를 표시한 지도도 받았다.

둘 다 몇 겹으로 접힌 종이였고 펼쳐 보니 1평방미터에 달하는 큰 지도로 대륙 전체가 아니라 중부에 한정된 정보였다.

가온은 원하는 정보를 얻기는 했지만 아쉬운 생각이 들었다.

'더 자세한 정보까지 달라고 할까?'

가격 때문에 망설이는 것이 아니다.

레이선을 포함한 사람들에게 들은 정보에 의하면 지난 10년 동안 인간의 활동은 극도로 위축이 되어서 마신의 사도나 던전에 대한 정보를 제대로 확보하지 못했을 것 같다는 생각이 들었기 때문이다.

그때 잠자코 지켜보던 마리가 입을 열었다.

"더 자세한 정보를 원하시는 거죠?"

안 그래도 그 부분을 두고 고민을 하던 참이라 가온은 반사적으로 고개를 끄덕였다.

"따로 드릴 말씀이 있어요."

"저에게 말입니까?"

마리가 고개를 끄덕였는데 청년이 황급히 두 사람 사이에 끼어들었다.

"마리 님, 상담원은 구매자와 사사로이 대화를 나눠서는 안 됩니다. 우리 길드의 철칙 중 하나인 거 아시잖아요!"

"탬, 지금 내 신분은 길드원이 아니에요. 게다가 이 고객께서는 이미 거래를 마치셨고요."

"……그렇긴 하지만 상담 창구에서 일하고 싶다고 하셨잖아요."

"그렇긴 하지만 난 이분과 진지한 대화를 나누고 싶네요. 더 말릴 건가요?"

"후유. 아닙니다. 마음대로 하세요. 길드장님이 지금 마리 님의 행동을 어떻게 평가할지에 대해서는 고려하시고요."

마리는 탬이라는 청년의 말에 성의 없이 고개를 끄덕이더니 휠체어의 바퀴를 굴려서 한쪽 구석으로 향했는데, 휠체어를 탄 지 얼마 되지 않는지 탁자나 벽에 자꾸 부딪혔다.

'잘하면 고칠 수 있을 것 같은데.'

신경이 아예 끊어진 거라면 최상급 포션을 써야 하지만 마나로드가 막힌 것이라면 강제로 뚫을 수 있었다. 그의 음양 기는 워낙 정순해서 타인의 몸에 들어가도 별다른 해나 거부 반응을 일으키지 않는다.

정보 길드 건물과 조금 떨어진 곳.

"그러니까 더 자세한 정보를 마리 씨가 제공하는 대신 당신을 포함해서 제대로 운신할 수 없는 다섯 명을 동료로 받아 주고 마신전이나 마계 던전을 공략할 때 같이할 수 있도록 해 달라는 겁니까?"

"정확하게 이해했어요. 마기가 몸에 고착된 저와 달리 제 동료들은 아직도 마기와 싸우고 있어서 제대로 된 치료만 받으면 금세 자신의 역량을 발휘할 수 있어요."

"으음."

대체 왜 이런 몸으로 위험한 곳으로 가려는 걸까? 이해가
가질 않았다.

"무슨 생각을 하고 있는지 알고 있는데 걱정하지 않아도
돼요. 우리 모두 그동안 암기술을 수련해서 한 사람 몫은 충
분히 할 자신이 있어요. 그리고 몸은 이래도 어지간한 공격
은 막아 낼 수 있고요. 무엇보다 내게 안 좋은 일이 생긴다고
해도 귀 용병단은 전혀 책임질 필요가 없어요."

결연한 얼굴로 이렇게까지 말하는 것을 보면 마신의 추종
자들에게 아주 강한 원한이 있는 것 같았다.

"이곳에도 마리 씨의 정보가 필요한 용병단이 많을 것 같
은데요."

"많지 않아요. 아니, 거의 없어요. 지금과 같은 시기에 누
가 마신전을 공격하거나 마계에 연원을 둔 위험한 던전을 공
략하려고 하겠어요. 그리고 설령 있다고 해도 동행은 거절하
더군요."

가온은 순간 '픽' 하고 웃었다. '설령 있다고 해도'는 분명
히 가정인데 거절했다는 말과 어긋났기 때문이다. 이미 제안
을 했는데 거절당한 것이었다.

"대체 어쩌다가 그렇게 된 겁니까?"

"자세하게 설명할 필요는 없고 마신 로제타의 추종자들과
싸우다가 이렇게 됐어요."

"다른 네 사람의 상태는요?"

"저와 비슷해요. 어느 순간부터 보행이 불편해지더니 최근에는 아예 걸을 수조차 없게 되었어요. 마법사 말로는 농후한 마기가 몸에 침투했다고 하는데, 아시는지 모르겠지만 베로트에는 고위급 신관이 전혀 없어서 치료를 받지 못하고 있어요."

마기가 몸 안에 침투해서 하체의 마나로드에 자리를 잡아버린 것이다. 이 정도면 굳이 아나샤가 나서지 않아도 자신이 치료할 수 있었다.

"좋습니다. 같이하시죠."

"후아아아아!"

마리는 기성을 지르며 주먹을 허공에 마구 흔들며 기쁨을 표현했는데, 만약 다리가 정상이었으면 펄쩍펄쩍 뛰었을 것 같았다.

"잠깐만 이곳에서 기다려 주세요. 길드장과 얘기를 끝내고 나올게요."

라친다 정보 길드와 무슨 관계가 있는지는 모르겠지만 가온에게 꼭 필요한 정보를 쥐고 있는 인물이 합류한다니 가온에게는 더 바랄 나위가 없었다.

베로트의 외성에는 빈민가가 있었다. 제대로 된 집도 없이 그저 주운 나무와 버려진 가죽 조각 등으로 허술하게 지은 집들이 외성의 벽을 따라 줄지어 늘어서 있었다.

그래도 빈민가가 쭉 이어진 것은 아니고 100가구 남짓 정도가 한 구역을 형성하고 있었다. 중간에는 쓰레기를 태우는 공터가 있어 경계 역할을 하는 것이다.

마리가 안내한 곳은 그중 한 곳으로 여기까지 오는 동안 봤던 마을의 모습과 약간은 달랐다.

성인 두 명이 어깨를 맞대고 걸을 수 있을 정도로 골목도 넓은 편이었고, 집도 나름 단단한 목재에 덕지덕지 기운 가죽이 아니라 통째 가죽으로 벽을 둘러서 상태가 훨씬 나았다.

게다가 다른 구역과 달리 군데군데 작은 텃밭들도 있었고 골목의 상태도 좋아서 쓰레기나 오물은 보이지 않았다.

이상한 점은 다른 구역과 달리 이곳은 아주 조용하다는 것이다. 길에 나와 있는 사람이 전혀 없었다.

마리가 안내한 집은 그중에서도 상태가 가장 좋았다. 통나무를 사방에 단단히 박고 판자로 벽을 만들었으며 지붕에는 호밀 볏짚이 올려 있었는데, 규모가 다른 집에 비해 두세 배는 큰 것 같았다.

하지만 다른 집들이 워낙 작아서 두세 배라고 해 봐야 사실 제대로 된 집은 아니었다.

"저와 동료들이 함께 지내는 곳이에요."

집의 외관도 그렇고 이곳이 다른 구역에 비해서 청결해 보였지만 그래도 병자들이 있기에는 굉장히 부적합한 환경이었다.

'혹시 사기를 당한 건가?'

그렇지 않다면 익스퍼트 중급 이상의 실력을 가진 마리가 아무리 하체 마비 상태가 되었다고 해도 이런 곳에서 지낼 리가 없었다.

가온은 마리가 아주 익숙하게 이곳에 왔던 점에 주목하며 한 가지 가능성을 떠올렸다.

"혹시 이곳 출신입니까?"

"네. 정확하게 말하면 베로트와 사흘 거리에 있는 바간 마을 출신인데, 어릴 때 오크들에게 마을이 공격을 받는 바람에 가족이 모두 죽고 저 혼자 살아남았어요. 그리고 살아남은 마을 사람들과 이곳으로 와서 같은 일을 당한 인근 마을 사람들끼리 자리를 잡았어요."

가족을 잃고 어린 나이에 베로트에 아무런 기반도 없이 맨 몸으로 찾아왔으니 마리의 지난 삶이 얼마나 고되었을지 충분히 짐작이 갔다.

"그 실력은 어떻게 된 겁니까?"

"살아남은 마을 어른 중에는 사냥꾼이나 젊을 때 용병 생활을 하신 분들이 있었어요. 저를 포함해서 무술에 소질이 있는 아이들은 그분들을 통해 다양한 생존 기술과 무술을 배웠고, 제 경우에는 열세 살 때부터 용병 생활을 했어요. 다행히 운이 좋아서 던전도 종종 공략했고요."

가온은 마리가 다시 보였다. 제대로 된 전사에게 사사한 것이 아니라 순수하게 목숨을 걸고 던전을 공략해서 받은 보상으로 지금 이 실력이 되었다는 얘기이니 놀랄 수밖에 없었다.

"돈도 많이 벌었을 텐데요?"

어느 용병단에서도 중용을 받을 익스퍼트 중급 실력자가 왜 이런 곳에서 지내는지 이해가 가질 않았다.

"마을 사람들이 우리를 키워 주었으니 가족이잖아요."

용병 생활로 번 돈으로 이곳 사람들을 먹여 살렸다는 얘기다.

이곳 사람들을 가족으로 여겨야만 가능한 행동이었고 열세 살이 될 때까지 마을 사람들의 보살핌을 받았다면 충분히 이해할 수 있는 얘기였다.

"그럼 언제 부상을 입은 겁니까?"

"대략 두 달 전에요. 분명히 오크 던전으로 알고 들어갔는데 다크오우거가 나타나더라고요. 다행히 들어간 지 얼마 되지 않았던 덕분에 죽을힘을 다해서 탈출했지만 일곱이 죽고 스무 명만 간신히 살아 나왔어요. 동료들에게 업혀 나온 우리 다섯 명은 던전에서 나올 때만 해도 손발을 움직일 수 있었는데, 사흘 정도 지나니까 이렇게 다리를 쓸 수 없는 몸이 되어 버렸어요. 다른 동료들은 저보다 상태가 더 나쁘고요."

그 말과 함께 안으로 들어가니 살이 썩는 고약한 냄새가 두 사람을 먼저 맞이했다.

'제대로 치료도 하지 못했군.'

바깥과 달리 어두운 실내에는 3남 1녀가 나란히 누워 있었는데, 세 명은 아예 의식이 없었고 나머지 한 명은 눈은 뜨고 있었지만 고통을 느끼고 있는지 전신에 식은땀을 흘리며 얼굴을 일그러뜨리고 있었다.

그런 네 사람의 몸에는 마기가 일렁이고 있었는데 희한한 것은 대기 중으로 흩어지지 않고 몸의 안팎을 오가고 있다는 점이었다.

'자신의 마나로 마기를 밀어내고 있는 건가?'

그렇다면 어떤 상황인지 이해가 간다. 내상과 함께 마나로드에 손상을 입었기 때문에 몸에 침투한 마기를 확실하게 밀어내지 못하는 것이다.

"치료는요?"

"마을을 위해서 내놓기도 했지만 무기와 장비를 사느라고 모아 놓은 돈이 없어서 제대로 된 치료조차 받지 못했어요. 포션은 던전에서 다 써 버렸고요. 그래서 고위급 사제가 베로트에 들어왔을 때 드릴 돈을 마련하기 위해서 마을 사람들이 남녀노소 할 것 없이 나서서 허드렛일이라도 하려고 집을 비웠고요."

이곳도 쓸 만한 무구나 장비 가격이 엄청 비싼 모양이다.

"일단 정리부터 합시다."

"정리요?"

탄 차원이나 아이테르 차원도 지구처럼 청결에 대한 관념이 부족했는데 이곳 마툰도 마찬가지다. 치료 마법이나 신성 치료 그리고 약초사의 치료에 의존하는 이곳은 청결이 얼마나 중요한지 잘 모르고 있었다.

가온은 카오스를 소환해서 실내를 청소하도록 부탁했고 특히 환자들의 몸을 꼼꼼하게 씻겨 달라고 했다.

카오스는 입술을 삐죽였지만 가온이 원하는 대로 말끔하게 실내를 청소해 주었고 환자들의 몸도 깨끗하게 씻겨 주었다.

"세상에! 전사가 아니라 정령사였어요?"

휠체어에 앉은 상태가 아니라면 방방 뜰 것 같은 마리의 반응에 가온은 피식 웃었다.

"이제 당신이 씻을 차례입니다."

"저, 저요?"

카오스는 마리가 어떤 반응을 보이기도 전에 그녀의 몸은 물론 입고 있는 옷까지 물의 파동을 이용해서 깨끗하게 씻겨 준 것은 물론 온풍으로 말려 주었다.

"우와아아아! 정령이 이렇게 대단할 줄은 몰랐어요! 물의 정령님, 바람의 정령님, 정말 감사해요!"

순식간에 말끔하게 바뀐 자신의 옷은 물론 뽀송뽀송하게 변한 자신의 드러난 피부를 확인한 마리는 눈에 보이지 않는 정령에게 감사 인사를 하고 있었다.

'순수한 사람이군.'

익스퍼트급 실력자가 되고도 자신을 먹이고 키워 준 마을 사람들을 위해서 가진 것 대부분을 베풀어 왔던 사실 만으로도 마리의 인성을 짐작할 수 있었지만, 정령을 대하는 태도에서도 그녀의 순수함이 느껴졌다.

"자, 이제 치료를 해 봅시다!"

"네? 그게 무슨? 제 몸은 마기가 자리를 잡은 상태라서 고위급 사제가 아니면 치료할 수 없다고 했어요."

마리가 가온을 이곳까지 데리고 온 것은 자신과 달리 네 사람은 돈만 들이면 충분히 치료를 할 수 있는 상태라는 사실을 보여 주려는 의도였지 자신은 상관이 없었다.

"그리고 온 님은 마법사도 아닌데 무슨 치료를 하신다는 거예요?"

"누가 마법사가 아니랍니까? 파이어!"

가온이 피식 웃으면서 주문을 외우자 그의 손끝에서 주먹 크기의 불덩어리가 생기더니 실내를 금방 덥혔다.

"흐업! 저, 정말 마법이야! 그럼 정령마검사셨던 거예요?"

"맞습니다."

"정말 제 몸이 좋아진다면 평생 보수를 받지 않고 온 님을 위해 일할게요. 제 동료들도 마찬가지고요."

"하하하. 그건 나중에 생각하고 한번 치료를 해 봅시다."

가온이 그렇게 말하면서 마리를 휠체어에서 안아 밑으로

내렸다.

"반듯하게 누워 있으면 됩니다."

가온의 말에 마리는 누워서 긴장과 기대감이 교차하는 얼굴로 그를 쳐다봤다.

'일단 신성 치료부터 하자.'

그걸로 마나로드까지 막아 버린 마기를 흩뜨리거나 배출할 수 있을지는 알 수 없지만 일단 마기에 오래 노출이 되었던 만큼 신성력으로 몸 전체를 씻어 줄 필요가 있었다.

"홀리 큐어!"

주문을 영창하는 순간 가온의 몸에서 신성한 백광이 빠져나오더니 마리의 몸을 덮었다.

'따듯해!'

마리가 느낀 신성력은 엄마의 품처럼 따사로웠다. 그리고 엄마가 자신을 안고 토닥이는 것처럼 마음이 안정되었다.

그 따듯함과 안온함에 취해 있던 마리는 신성력이 사라지자 겨우 정신을 차렸다. 그리고 자신의 양손을 쳐다보고 깜짝 놀랐다.

'사, 상처가 다 사라졌어!'

마기가 지독한 것은 상처가 제대로 아물지 않아서 큰 흉터를 남기며 아물어도 수시로 신경을 자극해서 통증을 느끼게 한다는 점이다.

그런데 다크오우거의 손톱이 스치며 생긴 상처들이 모두

사라졌다. 원래 상처를 입은 적이 없다는 듯 흔적조차 남지 않은 것이다.

거기에 완전히 낫지 않은 내상의 후유증도 전혀 느껴지지 않자 마리는 너무 몸이 가볍다고 느꼈다.

하지만 가온의 얼굴은 밝지 않았다.

'역시 일부는 벌써 동화가 되어 버렸어.'

마리의 몸 안으로 침투한 마기가 아직 불완전한 상태이기는 하지만 그녀의 마나와 하나로 섞여 버려서 신성력에 노출이 되었음에도 분리가 되지 않았다.

그래서 신성력 때문에 마리의 마나로드 상태는 더욱 나빠져 버렸다.

'이렇게 되면 내 음양기로 마기를 일일이 뽑아내야겠네.'

남들에게는 불가능에 가까운 일이지만 타인의 몸 안에 들어가도 아무런 부작용이나 이상 반응을 일으키지 않는 순수한 음양기라서 가능했다.

가온은 일단 녹스에게 부탁해서 마리를 재웠다. 신성력과 마기는 상극이라 치료 과정에서 마리가 심하게 움직일 경우 가온도 내상을 입을 수 있었기 때문이다.

준비가 끝나자 가온은 한쪽 발끝부터 시작해서 음양기 중 양기를 주입해서 아직 불안정한 상태로 마리의 마나와 결합한 마기를 분리한 후 끌어내어 음양기로 만들었다.

처음에는 당연히 조심스럽게 시도했지만 별다른 이상이

없자 양기로 마기를 끌어내어 음양기로 만드는 작업은 빠르게 진행되었다.

그렇게 30여 분에 걸쳐서 섬세한 작업이 마무리되자 마리의 몸 안에는 더 이상 마기가 남아 있지 않았다.

음양기를 거두어들인 가온은 이번에는 목기를 주입해서 한동안 비활성 상태였던 신경 조직부터 생기를 띠게 만들었고 이제 막 움직이기 시작한 마나의 흐름을 강하게 만들었다.

'됐다!'

당장 예전처럼 마나를 사용하고 움직이는 건 불가능하겠지만 본인이 적극적으로 재활을 하게 되면 빠르게 예전의 기량을 찾을 수 있을 것이다.

네 사람은 홀리 큐어로도 충분히 치료가 가능했다. 던전에서 가장 앞장서서 다크오우거와 싸우다가 의식을 잃은 마리 덕분에 네 사람은 마기의 침투 정도가 덜했기 때문이다.

가온이 차례로 네 사람을 치료하자 카오스가 몸을 씻어 줄 때부터 이미 의식을 찾은 상태였던 사람들이 오체투지로 절을 했다.

"살려 주셔서 감사합니다."

"온 님은 저희뿐 아니라 라키트 마을 사람들을 구해 주신 것이나 다름없습니다."

다섯 명 중 리더는 마리였고 실력도 가장 강했다. 상급에 근접한 익스퍼트 중급이었다.

네 사람 중 가장 나이가 많은 카르토부터 로델, 메렐, 가장 어리지만 그래 봐야 마리보다 한 살 어린 게이브까지 모두 중급에 근접한 익스퍼트 초급 실력을 가지고 있었다.

아니테라 전사들에 비하면 전력에 큰 도움이 되지는 않지만 마툰 출신에 자체적으로 던전에 대한 정보를 수집해 왔고 던전들을 공략해 왔기에 정보 면에서는 큰 도움이 될 것 같았다.

그렇게 가온이 치료한 다섯 명은 황당하게도 치료를 하기 전에 마리가 했던 말을 근거로 평생 보수 없이 그를 위해 일하겠다고 다짐했다.

가온은 잠시 고민했지만 마툰 차원에 밝은 이들이 필요했기 때문에 아니테라 용병단의 존재를 알리고 그들을 단원으로 받아들였다.

"단장님, 그런데 다른 단원들은 언제 도착합니까?"

카리토의 질문에 마리를 비롯한 네 사람이 관심을 보였다. 이제 그들도 아니테라 용병단원이 되었으니 동료를 보고 싶었다.

"잉겔트를 장악한 마족 무리를 해치운 직후라서 모처에서 휴식을 취하고 있습니다."

"잉겔트라면 설인족의 금지인데 설마 그곳을 마신의 추종자들이 장악했었나요?"

정보 길드와 깊은 연이 있어 보이는 마리가 금시초문이라는 얼굴이 된 것을 보면 아직 이쪽에는 그런 사실이 전혀 알려지지 않은 모양이다.

"설인족 연합의 샴 대족장을 우연히 구하게 되어서 의뢰를 받았고 완수할 수 있었습니다."

믿기는 않지만 설인족 연합의 대족장인 샴의 이름이나 설인족의 성지이자 금지인 잉겔트의 이름을 거론하는 것으로 보아 가온이 말한 것은 사실이었다.

그건 베로트에서도 오래 활동한 사람들만 아는 정보였기 때문이다.

"와아! 대체 우리 용병단의 전력이 얼마나 강한 거죠? 아니, 단장님의 실력은?"

마리는 정령마검사로 확신하게 된 가온이 용병단 단장이라고 해서 아니테라 용병단 전력이 그리 강하지 않을 거라고 생각했다. 물론 다른 네 사람 역시 비슷한 생각이었다.

그도 그럴 것이 외관상 가온은 20대 초중반이고 대성이 어려운 정령마검사다. 그런 젊은 전사가 이끄는 용병단의 전력이 강할 리가 없었다.

그렇게 생각을 하고 있다가 강자들이 많기로 소문이 난 설인족의 금지를 장악한 마족들을 처리했다는 말을 들었으니 모든 면에서 혼란스러울 수밖에 없었다.

가온은 말없이 단검 한 자루를 꺼내 마나를 주입했다.

위이이잉!

순식간에 솟아나는 거대한 오러 블레이드에 마리를 비롯한 다섯 명은 얼어붙었다.

"헙!"

'소, 소드마스터!'

지금은 더하지만 예전부터 수많은 강자들이 모여드는 이 베로트에도 소드마스터는 불과 서넛에 불과했다.

그런데 20대 초반으로 보이는 가온이 이렇게 빠르고 쉽게 오러 블레이드를 생성하니 경악할 수밖에 없었다.

'우리는 대단한 줄을 잡은 거야!'

베로트를 기반으로 활동하는 용병단은 수없이 많았지만 소드마스터가 단장인 용병단은 단둘에 불과하다. 그리고 그 두 용병단은 베로트의 주축으로 엄청난 인정을 받고 있는 상황이니 다섯 명이 감격하지 않을 수 없었다.

가온은 일을 하러 간 마을 사람들을 기다리면서 새 단원이 된 다섯 명과 많은 대화를 했다.

"식량 사정이 그렇게 안 좋습니까?"

"네. 특히 육류가 무척 부족합니다. 외성의 작은 목장에서 키우는 가축 만으로는 수요를 도저히 맞출 수 없거든요. 사냥을 하려고 해도 마기로 오염된 경우가 태반이라서 먹을 수가 없습니다."

"사실 마음 같아서는 당장 밖으로 나가서 사냥이라도 하고 싶은데 근처에는 아예 씨가 말랐습니다. 설령 있다고 해도 이미 마화가 된 놈들입니다."

"곡물 가격도 엄청 뛰었습니다. 목숨을 걸고 위험한 의뢰를 해결해 봐야 손상된 장비를 고치고 나면 손에 쥐는 돈으로는 마을 사람들이 사나흘 먹을 양밖에 살 수가 없어요."

가온은 이들이 의뢰를 해결하거나 던전을 공략한 보상이 컸을 것으로 생각했지만, 에너지 이변으로 인해서 곡물 생산량이 크게 줄어들고 마수화가 되지 않은 동물이 급감하는 바람에 식량 가격이 비정상적으로 올랐다는 점은 생각하지 못했다.

"후유! 난리도 아니겠군."

"그래도 우리 라기트 마을은 적은 양이라도 서로 나눠 먹으면서 버티고 있지만, 다른 빈민촌에서는 서로 뺏고 뺏기는 일이 수시로 벌어지고, 힘이 센 자가 약자를 강탈하는 일이 허다하게 발생합니다. 게다가 최근에는 죽은 사람이 나오면 나눠 먹는다는 소문이 나올 정도로 식량 사정이 더 악화되었습니다. 지금도 일자리가 없는데 사람들은 매일 수십, 수백 명이 들어오니⋯⋯."

인육(人肉)까지 거론되는 것을 보면 베로트의 식량 상황이 생각했던 것보다 훨씬 더 안 좋은 모양이다.

"그나마 용병들이 많아서 부산물을 처리하는 일자리가 꽤 많았는데, 지금은 바깥에 나가서 사냥을 하는 것도 어려워졌으니 상황은 갈수록 더 안 좋아지고 있어요."

그렇게 대화를 하다 보니 사람들이 한두 명씩 돌아오기 시작했다. 이곳 사람들은 일찍 일을 시작해서 점심은 집에서 먹고 두세 시간은 쉰다고 했다.

사람들이 돌아오자 마을이 살아난 것처럼 시끄러워졌는데 집 근처는 조용했다. 마을의 기둥이나 다름없는 이들이 심각한 부상을 당했으니 다들 조심하는 것이리라.

"먹을 것은 있나?"

"……없을 거예요. 물로 배고픔을 달래면서 쉬다가 다시 일을 하러 갈 거예요."

마리가 처연한 얼굴로 대답했고 다른 네 명 역시 안색이 좋지 않았다. 마을 사람들이 굶는 것이 마치 자신들의 잘못이라고 생각하는 것 같았다.

'정말 가족 같은 정을 나누고 있네.'

결코 쉽지 않은 일이지만 실제로 이들은 마을 사람들을 피를 나눈 가족이라 생각하고 있는 것이다.

"그럼 내가 계약금을 주도록 하지요."

"네? 계약금요?"

"다행히 설산 산맥을 넘어와야 하기 때문에 식량은 꽤 많이 챙겼습니다. 남는 곡물과 도축이 된 고기를 드리겠습니다."

가온이 그렇게 말하면서 내놓은 것은 아이테르 차원에서 언젠가 구입했던 밀 빵 1천 개와 손바닥 크기의 육포 100장 이었다.

'100가구 정도라니 이 정도면 되겠지. 더 많이 내주고 싶지만 이목을 끌 수가 있어.'

식량 사정이 이렇게 좋지 않다면 주는 것도 조심해야만 한다. 밀가루나 도축이 된 고기가 아니라 조리가 필요하지 않은 빵과 육포를 내놓은 것도 다른 빈민가 사람들의 이목을 끌고 싶지 않아서였다.

"하압!"

요 몇 년 사이에 이렇게 많은 빵과 육포가 쌓인 모습을 본 적이 없었던 다섯 사람은 헛바람을 토했다.

"혹시 촌장이 있습니까?"

"불러올게요!"

막내인 게이브가 쏜살처럼 달려 나가더니 얼마 후 얼굴에 주름이 가득한 노인을 데리고 왔다.

게이브가 회복된 것에 놀란 것이 역력한 노인은 한쪽에 쌓인 빵과 육포를 흘끗 쳐다봤지만 이내 시선을 가온에게 돌리더니 대뜸 공손하게 절을 했다.

"라키트 마을의 촌장인 레갈이라고 합니다. 저희 마을의 자랑스러운 전사들을 구해 주셔서 정말 감사합니다!"

"운이 좋아서 치료할 수 있었습니다. 마을 사람들이 굶주리고 있다는 말을 들었습니다. 이 다섯 명이 우리 용병단에 가입하기로 해서 계약금을 주려고 했더니 마을 사람들을 위해서 먹을 것을 산다고 해서 대신 빵과 육포를 드리려고 합니다."

"마을 사람들에게 얽매여서 제 갈 길을 가지 못하고 붙들려 있었던 이 다섯 전사들에게는 정말 잘된 일입니다. 그동안 일방적으로 신세만 진 사람들 모두 좋아할 겁니다. 염치는 없지만 이 선물은 고맙게 받겠습니다. 며칠 전에 아이를 낳은 산모를 비롯해서 열한 명이 먹을 것이 없어서 죽을 위기에 처했지만 우리가 할 수 있는 일이 없어서 너무 절망적인 상황이었습니다."

촌장은 뭔가 오해를 하는 것 같았지만 깊게 파인 주름 사이의 작은 눈에는 진심이 가득했다.

촌장의 말을 들은 가온은 순간 결심했다.

'이들을 아니테라로 이주시키자!'

마툰 차원에서 의뢰를 완수하려면 많은 시간이 필요하다. 그리고 언어부터 시작해서 이곳 사람들의 도움도 필수적이었다. 게다가 아니테라에는 휴먼족이 많이 부족했다.

하지만 촌장의 태도와 달리 마리를 비롯한 다섯 명의 얼굴은 딱딱하게 굳어 있었다. 가온이 말하길 의뢰를 위해서 대륙 곳곳에 산재한 마신전이나 마계 던전을 찾아서 먼 길을 떠나야 한다는 사실을 잠시 잊고 있었기 때문이다.

"일단 사람들에게 이것들을 나눠 주시고 혹시 환자가 있으면 데리고 오십시오."

"화, 환자요?"

"아! 촌장님, 우리 단장님이 저희를 치료해 주셨어요!"

마리의 말에 촌장은 순간 주름이 확 펴질 정도로 기뻐하더니 그 나이와 어울리지 않게 뛰어나갔다.

"촌장님, 빵과 육포를 나눠 주셔야지요!"

그 말에 발을 멈추었던 촌장은 빵과 육포보다는 아픈 환자가 먼저라는 생각이 들었는지 다시 밖으로 향했다.

"음식을 배분하는 건 마리와 네 사람이 맡아야겠습니다. 빠른 회복을 위해서라도 가볍게 움직이는 것은 괜찮으니까요."

"그럴게요. 일단 가구원 수에 맞추어 빵은 한 명에 한 개씩, 그리고 육포는 네 명에 하나씩 나눠 줄게요."

마리가 작은 빈 자루를 방구석에서 찾아서 안에 빵과 육포를 담기 시작하자 다른 네 사람도 빠르게 움직였다.

곧 마을에는 차례로 환호성이 터져 나왔지만 이내 조용해졌다.

얼마 후 마리 일행이 사는 집으로 연신 사람들이 찾아왔다.

그 집으로 들어갈 때는 비틀거리거나 다른 사람에게 안겨 있던 사람들이 나올 때는 모두 힘이 있는 걸음으로 나왔는데 얼굴에 생기가 느껴졌다.

다행히 심각한 병을 앓고 있는 이는 없었다. 설령 있다고 해도 그동안 식량 사정이 워낙 열악해서 이미 사망한 상태라서 남은 사람들은 가온의 치료 마법이나 포션으로 충분히 치료할 수 있었다.

보통 굶주린 배를 물로 채우고 낮잠으로 피로한 몸을 쉬게 해 주는 것이 전부였던 시간이었지만 오늘은 달랐다. 다들 생기가 있는 얼굴로 소곤거리며 대화를 하면서 기쁨을 함께 즐겼다.

그렇게 점심시간이 끝나 가고 오늘 일이 있는 사람들이 다시 일터로 향했을 때 가온과 마리 일행 그리고 촌장을 비롯한 노인 세 명은 모습을 감추었다.

그리고 채 5분도 지나지 않아서 그들이 다시 나타났는데 하나같이 환희에 가득한 얼굴이었다.

그날 저녁, 마리 일행과 촌장을 포함한 마을의 원로들은 한 명이 열 집 정도를 맡아서 무언가 설명을 했고, 그날 밤이 다 가기 전에 라키트라고 불렸던 빈민촌의 사람들이 모두 증발했다.

하지만 하루가 다르게 늘어나고 있는 빈민들 문제로 골머리를 썩고 있는 베로트 시티의 수뇌부는 물론 그 누구도 그 사실에 주목하지 않았다.

그저 우연이 마을에 들렀다가 빈집을 발견하고 차지한 새로운 빈민들이 기뻐했을 뿐이었다.

천국이나 다름없는 아니테라를 구경한 라키트 마을 사람들은 믿어지지 않는지 일부는 자신의 뺨을 치거나 살을 꼬집는 반응을 보였다.

"제 가족이 이런 곳에서 살 수 있다면 제 모든 것을 바치겠습니다!"

가장들은 모두 같은 마음이었다. 그렇기에 모두 가온의 권속이 되는데 전혀 망설임이 없었다. 노예가 되더라도 가족과 친지를 살릴 수 있다면 기꺼이 하겠다는 마음을 가지고 있었기 때문이다.

그들의 합류로 가장 기뻐한 주민은 바로 휴먼족이었다.

아무리 새로 건설된 신도시가 모든 종족이 어우러져 살도록 계획이 되었지만, 오랜 시간이 흐른 후라면 모를까 지금은 종족끼리 은근한 경쟁심이 있었다.

그런 상황에서 휴먼족은 상대적으로 인구가 적기도 했지만 능력 면에서 다른 종족에 비해 손색이 컸기에 누가 뭐라고 하는 것도 아니었는데 주눅이 들어 있었다.

그런 상황에 500여 명의 인간이 아니테라로 이주하기로 했으니 인구가 단번에 두 배가 되는 것이다. 그리고 그들 중에는 기존이 전사보다 월등하게 강한 실력자들이 스무 명이

나 되었고, 이전에는 보기 힘들었던 노인이나 어린아이도 꽤 많았다.

그래서 지금은 통역 아이템을 사용할 수밖에 없었지만 휴먼족들이 모두 나서서 집을 함께 짓고 자신의 것을 나눠 주며 빨리 적응할 수 있도록 도와주었다.

물론 모둔이 새로운 이주민들을 위해서 다양한 지원 물품을 나눠 줬다. 의복과 식량 그리고 식기를 포함한 다양한 생필품을 지원한 것이다.

마툰에서는 생존이 최우선 목표였다. 그만큼 식량 사정이 열악했기 때문이다.

성인 남녀들이 용병으로 활동하고 나름대로 일을 해서 벌어 온 돈이라고 해 봐야 마을 사람 전체가 사나흘밖에 먹을 수 있는 식량을 구하는 것이 전부였다.

하지만 이곳 아니테라는 뭐든 다 풍족했다. 먹을 것도, 입을 것도.

마툰에서는 구경하기도 힘들었던 고기와 곡물 자루를 받을 때는 모두 넋을 잃었고 노인들은 눈물까지 흘릴 정도였다.

능력이 있고 일할 의지만 있다면 굶어 죽을 염려는 전혀 없었다. 아이들은 무상으로 교육을 받을 수 있었고, 노인들은 살아오는 동안의 경험을 후손에게 전수하는 일만 해도 생활에 부족하지 않게 지원을 받았다.

그렇게 기본적인 의식주가 해결되자 라키트 마을 출신들

은 자신이 원하거나 적성에 맞는 직업을 얻었다.

농부부터 공방 장인까지 다양한 선택이 이루어졌고 용병으로 활동하던 50명은 전단에 합류했다.

작은 빈민가 마을 출신이지만 지혜로운 촌장 덕분에 적극적인 지원을 받았기 때문에, 인구의 4푼에 해당하는 20명이 익스퍼트이거나 그에 근접한 실력자였고, 나머지도 꽤 노련한 용병들이었기 때문에 전단 훈련에 쉽게 적응했다. 그만큼 실전 경험이 많았다.

가장 실력이 뛰어난 전사는 돌레프로 그동안 라키트 마을 출신의 용병들을 이끌어 왔다고 하는데, 실력은 마리와 비슷하지만 전략 전술에 능하고 전사들을 지도, 육성하는 능력이 아주 뛰어났다.

그리고 그들을 포함한 성인들은 전부 기존 전단원들에게 마툰 공용어를 가르치는 데 투입되었다.

비록 공용어를 알고 있는 엘프족과 드워프족이 있었지만 휴먼족보다는 수준이 낮았기 때문이다.

뇌를 잠깐 동안 활성화하는 비약의 도움으로 전사들은 빠르게 마툰 차원의 공용어를 익혔고, 새 이주민들 역시 아니테라의 공용어를 빠르게 익혔다.

그렇게 드워프족에 이어 휴먼족도 아직 인구수나 능력 면에서는 밀리지만 아니테라의 주축으로 제 역할을 하기 시작했다.

모둔을 통해서 새 이주민들이 빠르게 아니테라에 적응하고 있다는 사실을 확인한 가온은 반응이 가장 느린 드워프족이 걱정스러웠다.

'3황자부터 만난 후에 바로 드워프족의 염원을 해결해 줘야겠어.'

드워프족의 가족들까지 데리고 온다면 부족한 인력 문제는 상당 부분 해결될 것이다. 아니, 기술 면에서 큰 진보를 이룰 수 있을 것이니 반드시 해결해야만 했다.

다이트 용병단

라키트 마을 사람들이 사라진 다음 날 저녁, 베로트 시티의 내성.

크고 작은 용병단들이 거점으로 사용하는 음식점 중에는 '고향의 바람'이라는 가게 앞에 가온이 나타났다.

"이곳이 다이트 제국 출신의 이계인들이 모이는 곳이군."

해가 질 무렵이라서 이미 작은 음식점 안에서는 시끄러운 소음이 들려오고 있었다.

안으로 들어간 가온은 빠르게 실내를 훑었는데 빈 테이블은 보이지 않았다. 비교적 비싼 음식점이지만 베로트로 모여든 사람들이 워낙 많아서 이곳까지 꽉 찬 것이다.

잠시 밖으로 나가 다른 곳에서 저녁 식사를 하고 다시 올까 고민하던 가온의 눈에 다른 사람들과 이질적인 한 무리가 앉아 있는 테이블이 들어왔다.

'저기군.'

가장 큰 테이블을 차지하고 앉은 일곱 명 중 네 명은 비슷한 방어구를 착용하고 있었는데, 다른 용병들과 다른 분위기를 풍기고 있었다.

'넷은 기사, 셋은 마법사군.'

기사 중 한 명은 소드마스터 중급이었고 나머지 네 명도 익스퍼트 중급 이상의 실력자였다. 마법사 세 명은 7서클과 6서클로 특히 6서클 마법사는 놀랍게도 30대 초중반으로 보이는 여자였다.

뚜벅! 뚜벅!

가온이 가장 안쪽에 있는 테이블 쪽으로 걸어가자 실내가 갑자기 조용해졌다.

'호오! 그새 자신의 무리를 규합했군.'

3황자와 5황녀는 동향인 이계인뿐 아니라 이곳 출신의 용병들까지 규합해서 용병단을 만들어 활동하고 있었다.

가온이 막 테이블에 도달했을 때 가장 바깥쪽에 앉아 있던 중년 사내가 천천히 일어났다.

"그대는 누군가?"

입 모양으로 보아 탄 차원인이 확실했다. 분명히 공용어를 구사하고 있었기 때문이다.

"여기에 오면 파고르와 헤르나라는 이계인을 만날 수 있다고 들었습니다."

"누, 누구냐?"

가온의 대답에 테이블에 앉은 일곱 명 모두 그를 주시했다.

"파고르 3황자와 조용히 할 말이 있습니다."

"누구냐고?"

중년 사내가 버럭 소리를 지르며 검을 빼 들었을 때, 중간에 앉아 있던 마흔 살가량의 미남자가 한 손을 들어 그의 행동을 만류했다.

"이쪽으로 앉으시오."

"고맙습니다."

가온이 권하는 자리에 앉자 일곱 쌍의 눈이 다양한 감정을 담고 그에게 꽂혔는데, 그제야 안심을 한 것인지 다른 테이블에서도 자연스럽게 다시 대화가 재개되었다.

"내가 파고르요. 무슨 용건이오? 혹시 우리처럼 탄 차원에서 넘어왔소?"

가온은 파고르의 질문에 답하지 않고 여자 마법사에게 시선을 고정했다.

"그럼 이분이 헤르나 5황녀겠군요?"

"맞아요. 그대는 누구죠?"

"나는 가온이라고 합니다. 그대들처럼 차원 용병이기는

하지만 탄 차원 출신은 아닙니다."

"……다른 차원의 용병이라. 다양한 차원에서 넘어오는 것을 보면 확실히 이곳이 차원 융합을 막는 데 중요하다는 거군."

가온의 말에 파고르는 그렇게 말했지만 혼잣말에 가까웠다.

"두 분을 찾아온 것은 내가 받은 의뢰 때문입니다."

"우리와 관련된 의뢰라고요?"

보석처럼 빛나는 인상적인 눈을 가진 헤르나 황녀가 관심을 보였다.

가온은 고귀한 핏줄을 이은 자들답지 않게 격식을 따지거나 오만한 태도를 보이지 않는 황자와 황녀에게 일단 호감을 품었다.

"그렇습니다."

"음. 입 모양을 보니 확실히 탄 차원인은 아닌 것 같은데 우리에 대한 의뢰를 받았다니 내용이 너무 궁금하네요."

굳이 신분을 밝히고 싶지 않아서 탄 차원 공용어가 아닌 한국어를 사용했는데, 헤르나 황녀가 그것을 알아챘다.

황녀의 말에 파고르 황자는 물론 다른 다섯 명도 이제 적의를 거둬들이고 가온에게 강한 관심을 드러냈다.

그러자 가온이 그동안 틈날 때마다 고심했고 벼리 등 전략에 밝은 사람들에게 조언을 구한 끝에 완성한 시나리오를 읊었다.

"내가 받은 의뢰는 다이트 제국의 파고르 황자와 헤르나 황녀를 조속하게 원래 차원으로 돌려보내라는 것입니다."

"뭐라고?"

"네에?"

상상도 하지 못했던 내용이라서 그런지 파고르와 헤르나의 눈이 커졌다.

"그쪽 사정은 모르겠지만 두 사람의 지지와 조력이 없다면 대황녀가 제위를 계승하지 못할 것이며 제국애 극심한 혼란이 발생하고, 그 결과 차원 융합이 더욱 빠르게 진행될 거란 내용이 있었습니다."

"……사실이었군."

"안 그래도 걱정을 하고 있었는데 얼마 안 되는 사이에 아버님의 병세가 악화된 것 같아요!"

가온의 말을 믿지 않고 있었던 것으로 보이는 일곱 명 모두 큰 충격을 받은 얼굴이 되었다.

'탄 차원에 관련된 의뢰가 뜨다니! 이런 일이 가능한 건가?'

믿기지 않으면서도 이성은 믿을 수밖에 없다고 판단하고 있었나.

사실 그들이 차원을 건너오기 전의 다이트 제국은 무척 위태로운 상황이었다.

후계를 정하지 않고 절대적인 황권을 휘두르던 황제는 알 수 없는 병에 걸려 누운 지 3년이 넘어 황위를 노리는 세력들이 노골적으로 싸우는 상황이 되자 겨우 대황녀에게 자신을 대리하는 역할을 맡겼다.

대황녀는 능력이 출중했지만 문제가 있었다. 한미한 가문 출신인 모후가 일찍 사망해서 받쳐 줄 지지 세력이 동복동생들 외에는 없다는 것이다.

황자와 황녀의 호위를 겸해서 차원을 넘어온 시그넬 후작은 말도 안 되는 얘기지만, 가온이 받은 의뢰가 있을 수도 있다고 생각했다.

'어릴 때부터 천재로 알려졌으며 기사단과 황실 마탑에서 인망이 높은 3황자 전하와 5황녀 전하가 곁에 있다면 대황녀께서 황위를 물려받을 가능성이 높지만, 두 사람이 이곳에 있는 동안 황제 폐하가 붕어하신다면 아론 공작과 같은 자들이 호시탐탐 황위를 노리고 있는 황자와 황녀 들을 부추겨서 결국 피바람이 불 수밖에 없어!'

다른 황자와 황녀의 배경이 되는 파벌들은 압도적인 전력을 갖추지 못해서 오히려 혼란이 가중될 수밖에 없었다.

황실에 피바람이 불면 당연히 제국의 무력을 책임지는 세력들도 심하게 흔들릴 수밖에 없었다. 입장을 정해서 전력을 기울여야만 했다.

안 그래도 도처에 던전이 생기고 갈수록 강력한 마수와 몬스터 들이 등장하는 상황에서 황위 계승 문제가 제대로 해결되지 않으면 당연히 세상은 혼란스러워질 것이고, 이 마툰 차원처럼 대부분의 국가가 무너지고 수없이 많은 희생자가 발생하는 참극이 벌어지고 말 수도 있었다.

하지만 여전히 이해가 안 가는 부분도 있었다.

'우리, 아니 3황자 전하와 5황녀 전하께서는 더 중요한 의뢰를 수행 중인데 왜 이런 내용의 의뢰가 차원 의뢰로 나온 걸까?'

자신들이 받은 차원 의뢰의 내용으로 보아 이 모든 일의 주재자는 차원 융합을 막거나 늦추려는 목적을 가지고 있을 것이다.

그런데 더 중요한 일을 수행하고 있는 이들을 원래 차원으로 돌려보내는 차원 의뢰를 내리다니 이해가 가질 않았다.

주위를 둘러보니 다들 비슷한 생각인지 말없이 생각에 잠겼다.

그때 가온을 유심히 쳐다보면서 생각에 잠긴 것 같았던 헤르나 황녀가 벌떡 일어났다.

"생각났어!"

황녀의 말에 사람들은 놀란 감정을 숨기지 못하고 그녀를 주시했다.

"가온이 아니라 온 훈 경이죠?"

황녀가 그렇게 말하는 순간 가온은 자신도 모르게 얼굴을 일그러뜨렸다.

"어떻게 아셨습니까?"

"당신의 용모파기를 본 적이 있어요. 자유 기사로 소드마스터 상급에 해당하는 실력을 가졌으며 제국 근위기사단에 비견되는 강한 클랜 전력으로 5국 연합의 대형 던전들을 연속해서 공략하는 데 결정적인 역할을 했다죠?"

소드마스터 상급이라는 말에 중급 실력인 시그널 후작의 눈이 커졌다. 자신보다 더 강자라고 보기에는 외모가 너무 젊었기 때문이다.

가온은 설마 황녀가 용병에 불과한 자신을 알아볼 줄은 몰랐기에 딱히 할 말이 없었다.

정체가 밝혀졌으니 자신의 사기 행각도 발각된 것이나 다름없었기 때문이다.

"이젠 온 클랜이 아니라 아니테라 용병단입니다."

"호오! 5국 연합에서 크게 활약한 온 클랜의 클랜장인 온훈 경이라고? 나 역시 그대 얘기를 듣고 무척 흥분을 했었소. 아무리 바디체인지를 했다고 하지만 그렇게 젊은 외모에 그 실력이라니 감탄을 했지. 혹시 큰누님의 부탁을 받았소?"

더 이상 숨길 수가 없어 고개를 끄덕였다.

"아버지, 아니 황제 폐하의 병세가 악화되었나요?"

"그것까지는 모르겠습니다. 해저 던전을 공략해 달라는 의뢰를 완수한 제게 대황녀께서 협박을 하다시피 두 분과 관련된 의뢰를 하셨으니까요. 다만 메이슨 후작이 말하길 두 분이 없다면 대황녀의 신변이 위험해질 거라고 얘기했습니다."

메이슨 후작까지 거론되자 사람들은 고개를 끄덕였다. 처음과 달리 지금은 진실을 말하고 있는 것이다.

"오빠, 어떻게 생각해요?"

황녀의 질문에 3황자의 짙은 눈썹이 지렁이처럼 꿈틀거렸다.

"돌아가야 할까?"

"가야지요. 하지만 최소한 우리가 맡은 의뢰는 완수해야 하지 않을까요? 이미 준비는 마쳤잖아요."

"하지만 우리 용병단의 전력으로 마신 라케움의 신전과 추종자들을 말살하는 건 불가능해."

그동안 이곳에서 허송세월을 한 건 아니다. 용병단까지 만들어서 기회만 엿보고 있었다.

"부족한 인력은 추가로 용병들을 구하고 빠른 마나 충전을 위해서는 마나 포션을 사용하기로 했잖아요. 그래서 4년 가까이 던전들을 공략하면서 재물과 포션을 비축해서 용병단을 키운 것이고요."

"후유! 에너지 이변으로 제 실력을 발휘하기가 이렇게 힘들 줄은 몰랐지. 가지고 온 황금도 이렇게 가치가 없을 줄은 몰랐고. 그렇게 고생했는데 아직도 표면 의뢰를 해결할 정도의 재력이나 세력을 일구지 못하다니."

가온은 황자가 말한 표면 의뢰가 뭔지 알 것 같았다. 물론 이들은 히든 의뢰까지 노리고 있지만 말이다.

"그거야 이곳의 에너지 이변과 황금의 가치가 폭락한 탓이지, 오빠나 우리의 능력이 부족해서가 아니에요."

황자와 황녀도 놀고 만 있었던 건 아니었다. 끊임없이 던전을 공략해서 필요한 것들을 확보해 왔다.

그러고 보니 3황자는 익스퍼트 상급이 아니라 최상급이었고 5황녀도 여섯 번째 마력 링을 만든 상태였다.

듣기로 차원 의뢰를 떠나기 직전에 익스퍼트 상급과 5서클에 도달했다고 했으니 이곳에서 4년에 가까운 세월을 보내는 동안 목숨을 걸었다는 증거였다.

"내가 돕겠습니다."

첫 번째 계책이 실패했으니 혹시 몰라서 마련한 예비 대책을 따라야 했다.

"온 경이요? 혹시 클랜원들이 전부 왔나요?"

"전부는 아니지만 충분한 전력은 될 겁니다."

"쉽지 않을 거예요. 마신 라케움의 신전은 77개에 달하고 직접 차원을 건너온 마족는 물론이고 대사제를 포함한 사제만 수천 명에 마인 전사는 수만 명이라고요."

그렇게 많을 줄은 몰랐지만 그렇다고 해서 어려울 것 같지는 않았다.

"위치 정보가 확실하고 여러분이 돕는다면 가능합니다."

상대의 자존심을 고려해서 돕는다는 조건을 붙였지만 그 정도 전력은 아니테라의 전력만으로도 충분히 말살할 수 있었다.

"좋아요!"

"기꺼이 온 경의 도움을 받도록 하지요."

대황녀가 걱정되기는 하지만 5황녀와 3황자는 비록 히든 의뢰까지는 완수하지 못하지만 표면 의뢰는 가온의 도움을 받아서라도 완수하고 싶었다.

"그런데 어떻게 도와준다는 건가요?"

5황녀가 눈을 빛내며 물었다.

"그건 조금 후에 말씀드리겠습니다. 그 전에 보통 한 신전의 전력은 어느 정도입니까?"

"사도는 본전과 중요한 거점 지부에만 있고 보통은 대사제 한 명에 마족 사제 열 명, 그리고 마인으로 구성된 마전사 300명 정도가 평균적인 전력이오."

이번에는 3황자가 대답을 해 주었다.

"실력은요?"

"마신의 사도는 마검사라고 생각하면 되는데 7서클에서 8서클 마법사의 실력을 가지고 있고, 대사세는 6서클 혹은 7서클 마법사에 해당하오. 사제는 5서클 마법사, 마전사는 조장급은 익스퍼트 초급, 마전사는 소드 유저 중급에서 상급 정도라고 보면 될 것이오."

신전 지부가 77개나 된다는 점을 고려하면 굉장히 강력한 전력이다.

'관건은 각개격파가 가능하냐 하는 것이네.'

지부가 공격을 당해서 전멸했다는 소식이 퍼져서 세를 모으기 전에 최대한 많은 신전 지부를 박살 내는 것이 중요했다.

"현재 귀측의 전력으로 처리할 수 있는 신전이 몇 개나 됩니까?"

자신의 패를 보여 주기 전에 상대의 패부터 확인해 보기로 했다.

"음. 변수만 없다면 절반 정도는 우리가 감당할 수 있을 것 같아요. 당연히 신전 지부만 상대하는 상황만 따진 거고요."

차원을 건너올 때 챙겨 온 금전이나 조력자들이 있기는 했을 테지만, 전혀 기반이 없으며 모든 것이 부족한 세상에서 4년여 만에 77개나 되는 마신의 신전 지부 중 절반을 처리할 수 있을 정도로 전력을 끌어모았다니 정말 대단했다.

"그럼 우리가 나머지 지부를 맡도록 하지요. 대신 어차피 손발이 맞지 않아서 공동으로 신전을 처리하는 건 효율성이 떨어질 테니, 자체 전력으로 신전 지부를 공격하는 것이 좋을 것 같습니다."

"저들이 불리함을 깨닫고 세를 모으면요?"

"그때는 함께 상대해야겠지요."

"좋소. 그렇게 합시다."

3황자는 더 고민하지 않고 가온의 제의를 받아들였다.

다이트 제국 측에서는 전혀 부담이 없는 제안이다. 어차피 자신들이 주체이기에 의뢰 보상은 고스란히 챙길 수 있는 것이다.

3황자는 순순히 마신의 신전 지부가 기록된 정밀 지도를 넘겼다.

"언제 시작할까요?"

빠른 시간에 최대한 많은 신전 지부를 처리하기 위해서는 공격 시기를 맞추는 것도 아주 중요했다.

"지금 추가로 실력 있는 용병들을 구하는 중이니 나흘 후부터 움직입시다."

이제 양측이 어느 신전 지부를 맡을지에 대해서 논의만 하면 되는데 별 이견 없이 의견이 조율되었다.

드워프족 구하기

흙을 거의 찾아보기 힘들어서 풀이나 나무가 별로 자라지 못하는 수백 개의 암봉(岩峯)들로 이루어진 벨트레륨 산맥은 가온에게 귀속한 드워프족이 거주하던 곳이다.

당연히 생물체는 거의 서식하지 않았지만 수십, 수백 마리 규모의 와이번들이 곳곳에 자리를 잡고 있어서 인간들은 감히 접근할 수 없는 금지(禁地)에 해당했다.

지도와 나인테일 아이템을 이용해서 베로트에서 단숨에 벨트레륨 산맥으로 공간 이동을 한 가온은 눈앞에 보이는 곳이 허공이라는 것을 인지한 순간 투명 날개를 펼쳐 힘차게 날았다.

더 높은 상공까지 올라간 가온은 드넓은 산맥 전체를 살펴보다가 목적지를 찾았다.

산맥이 본격적으로 시작되는 지점으로 검붉은 암봉들이 줄지어 이어진 지역이었다.

빠르게 날개를 흔들어 그곳으로 향한 가온은 한 암봉에 착륙했다. 그리고 대기하고 있었던 맹갈을 소환했다.

"헤루스, 이곳이 맞습니다!"

소환되자마자 주위를 둘러보던 맹갈이 환하게 웃으며 말했다.

"가족은 지하에 있습니까?"

"네. 그런데 입구를 찾으려면 한참 이동해야 할 겁니다. 저희 일족의 지하도시는 숲과 산맥의 경계에 있습니다."

"입구를 지키는 자들이 있을 수 있으니 불편하더라도 잠깐 내게 안기시오."

"안기라고요?"

맹갈이 곤혹스러운 얼굴을 했지만 가온은 그를 등 뒤에서 안고 다시 날아올랐다.

맹갈은 처음에는 엄청 긴장했지만 가온의 비행이 안정적이라 곧 진정했고, 얼마 후 거대한 숲이 끝나는 지점과 연결된 한 암봉의 기슭을 가리키며 흥분했다.

"저깁니다!"

맹갈이 가리킨 곳은 거대한 바위 세 개가 절묘하게 겹쳐져 문처럼 보였다. 주위에 사제 복장을 한 여섯 명과 트롤 20마리가 돌아다니고 있었는데, 트롤은 구울이 아니었다.

'구울만 다루는 것이 아니었군. 이러니 인간과 아인종이 밀릴 수밖에.'

마신 테라르의 사제들은 구울뿐 아니라 트롤까지 정신 지배를 통해서 부리는 능력이 있었다.

가온은 일단 사제와 트롤을 해치울 생각으로 무형인을 만들었다.

무형인은 영력으로 눈에 보이지 않는 투명한 날을 만드는 영술로 세 개의 휘어진 날이 균형을 이루어 접합된 형태로 날의 길이는 1미터에 달했다.

원래 무형인 스킬은 목표를 지정하고 무형인을 날리는 것이지만, 가온은 수련을 통해서 무형인을 영력으로 회전시키고 조종하는 데 성공했다.

영력으로 만들어졌기 때문에 고속으로 회전을 하면서 파공성 없이 빠르게 날아간 무형인은 입구에서부터 일정한 거리까지 규칙적으로 오가면서 후각과 시각으로 주위를 살펴보는 트롤과 달리 방만한 태도로 소곤거리거나 연공을 하는 것 같은 사제 여섯 명의 목을 순식간에 날려 버렸다.

무형인의 비행 속도가 얼마나 빠른지 트롤들은 사제들의 목이 떨어져 나갈 때까지 그 사실을 전혀 알아차리지 못했고 하나둘 목이 잘렸다.

그 모습에 가온은 무척 뿌듯했다.

'생각보다 위력이 강력하네.'

염력으로 무형인을 조종한 가온은 환하게 웃었다. 그동안은 주로 마나탄을 많이 사용했지만, 앞으로는 무형인을 사용해야 할 것 같았다. 일단 눈에 보이지 않고 파공성도 없어서 암습을 할 때는 아주 효율이 뛰어났다.

생각보다 영력 소모도 많지 않았다. 무형인을 만들고 고속으로 회전시키는 데 필요한 영력은 대략 1만 정도였지만 조종은 염력으로 가능했기 때문이다.

그렇게 보이지 않는 칼날로 입구를 지키는 사제들과 트롤들을 쓸어버린 가온은 아니테라에서 대기하고 있던 전단원들을 불러냈다.

상대의 전력을 모르는 상황이라서 굳이 처음부터 많은 전력을 동원할 필요가 없었고, 은밀하고 빠르게 움직여야만 했기에 대전사장 20명과 아레오를 포함한 마법사 여섯 명 그리고 아나샤가 전부였다.

그리고 지하 도시의 지형을 꿰고 있는 드워프족의 경우 맹갈 외에 대전사장 네 명이 추가로 소환되었다.

"자, 이제 진입합시다!"

가온의 말에 맹갈 등 드워프 전사들이 앞장서서 조심스럽게 입구로 들어갔는데, 이미 카오스 등 정령들이 먼저 들어간 상태였다.

정령들이 파악한 드워프족의 지하 도시는 잉겔트보다 네 배는 더 컸는데, 작은 규모의 제철소와 제련소 그리고 대형 공방 건물들이 있었다.

도시에는 대략 5천에 달하는 드워프족이 거주하고 있었는데, 성인인 2천여 명은 마신 테라르의 추종자들에게 감시를 받는 상태에서 제철소에서 쇳물을 뽑아내거나 제련소에 비철금속을 제련하고 또 대장간을 겸한 공방에서 무기를 만들고 있었다.

다행히 입구를 지키는 놈들을 믿는지 지하 도시의 입구에는 따로 배치해 둔 병력은 없었다.

지하 도시가 훤히 보이는 내부의 입구에 도착한 가온은 내부 상황을 말해 준 후 의견을 듣기로 했다.

"잉겔트에서 한 작전처럼 해가 진 후에 움직이는 것이 낫지 않을까요? 드워프족이 작업을 하는 상태에서 기습을 가하면 자칫 휩쓸려서 피해를 입는 경우가 나올 것 같아요."

시르네아의 의견에 다들 같은 생각인지 이견은 없었다.

그때 맹겔이 입을 열었다.

"하지만 문제가 있습니다. 지금도 이전과 같다면 놈들은 밤에도 교대로 작업을 시킬 겁니다."

"교대로 작업을 한다고요?"

"네. 용광로의 불은 한 번 꺼뜨렸다가 다시 붙이려면 많은 목탄이 필요합니다. 목탄을 만들려면 많은 시간과 노력이 필요하고요. 그래서 놈들은 저희 일족을 둘로 나누어서 교대로 일을 시켰습니다."

상황이 그렇다면 굳이 밤까지 기다릴 필요가 없었다.

"일단 유리한 점은 잉겔트와 달리 우리 도시에는 천장과 벽에 박은 발광석의 숫자가 적어서 어둡기 때문에 소리를 내지 않으면 은밀하게 움직일 수 있다는 것입니다. 하지만 공격을 받는 순간 놈들이 저희 일족을 해칠 수 가능성이 있습니다. 밖은 몰라도 용광로가 있는 작업장들은 무척 위험해서 놈들이 죽기를 각오하면 큰 사고가 발생할 수도 있습니다."

맹겔의 말에 다른 드워프 전사들의 안색이 창백해졌다.

마족이나 마인이라면 가망이 없다고 생각하면 분풀이로 일족을 용광로에 밀어 넣거나 해칠 수 있었기 때문이다.

만약 그런 상황이 벌어진다면 소드마스터인 자신들도 일족들을 제대로 구해 낼 자신이 없었다.

"그럼 이렇게 합시다."

가온은 자신이 제철소와 제련소 그리고 대장간을 합쳐 놓은 대형 작업장을 맡기로 하고 다른 구역은 사람들에게 맡겼다.

"헤루스, 혼자 처리하기에 너무 넓은 장소가 아닐까요?"

시르네아가 걱정스러운 얼굴로 물었다. 꽤 많은 드워프족이 일하고 있는 만큼 사제와 마전사 들의 숫자도 많을 것이 분명했기 때문에 걱정이 된 것이다.

"은신 스킬을 가진 건 나밖에 없잖아. 그리고 투명 날개가 있으니 빨리 이동할 수 있고. 그러니 드워프족이 포함된 전사 다섯 명에 마법사 한 명이 조를 이루어서 구역을 나누어서 맡아."

사람들은 가온이 혼자 너무 고생을 하는 것 같아서 면목이 없었지만 더 나은 방도가 없었기에 그러기로 했다.

가온은 사람들에게 드워프족의 거주 지역과 마신의 사제와 마전사 들이 쉬고 있는 건물 등을 맹갈 일행이 그린 지도에 표시해 주었다. 그리고 각 조가 맡을 영역을 드워프들의 조언을 통해 정했다.

"자, 움직입시다!"

사람들이 빠르게 흩어지자 가온은 날개를 활짝 펴고 날아올랐다.

작은 용광로 두 기가 전부인 대형 작업장 안은 뿌연 증기로 흐릿했고 동시에 엄청나게 더웠다.

하지만 열려 있는 문을 통해 날아 들어온 가온은 화속성에 강한 내성도 있었고 외피부가 된 파르 덕분에 괜찮았다.

안에는 근육질의 상체를 드러낸 드워프족들이 쉴 새 없이 숯을 나르거나 송풍기로 열을 올리고 있었고, 일부만이 용광로의 옆쪽에 세운 철 구조물 위에 올라가서 용광로 안에 긴 봉을 집어넣어서 온도를 체크하고 있었다.

그리고 다른 한쪽에서는 벽돌을 만드는 틀처럼 생긴 거대한 틀에서 굳은 철괴들을 빼 한쪽으로 옮겨 쌓고 있었고, 또 다른 한쪽에서는 검이나 도 혹은 창 형태의 틀에서 굳은 쇳덩어리를 꺼내어 모루에 대고 망치로 두들기거나 화로에 넣어서 달구고 있었다.

어떤 용도인지는 알 수 없지만 마신 테라르의 추종자들은 대량으로 무기가 필요한 것 같았다.

'단원들과 같이 움직이지 않기를 잘했네.'

마족 사제 열 명이 제철소 입구와 안쪽에 각각 다섯 명씩 앉아서 얘기를 나누거나 자는 건지 연공을 하는지 모르겠지만 눈을 감고 있었다.

또한 각 공정마다 무기를 찬 마전사 두세 명이 채찍을 들고 작업을 감시하는 한편 독려하고 있었다.

'카우마, 바람의 막으로 아무런 소음도 빠져나가지 못하게 해 줘. 녹스는 안쪽에 있는 사제들을 수면독으로 재워 버리고 카오스는 입구에 있는 사제들을 처리해.'

가온은 무형인을 만들었다. 사실 무형인의 위력과 효용을 확인하고 대형 작업장을 혼자 맡겠다고 한 것이다.

가온은 영력으로 만든 무형인이 고속으로 회전하기 시작하자 염력으로 조종했다.

실내가 고열의 증기로 인해서 시야가 20여 미터 정도밖에 확보되지 않은 상황도 무척 유리했다.

파공성을 내지 않고 고속으로 회전하면서 날아간 무형인을 마전사들이 인지하는 순간은 목이 몸통에서 떨어질 때밖에 없었다.

투명화 스킬을 펼쳤기에 가온도 보이지 않고 무형인도 보이지 않는 상황에서 목이 잘리고 그 단면에서 피가 솟구치는 모습을 본 드워프족들은 비명을 지르며 몸을 웅크리거나 피할 곳을 찾아 달리자 제철소는 그야말로 아비규환이었다.

하지만 상황을 주재할 사제들은 가온이 움직인 직후에 이미 중독이 되어 곯아떨어졌거나 카우마가 카오스의 지도로 받아서 만든 초고열의 영역에 갇힌 상태로 제대로 마법도 펼치지 못하고 순식간에 미라처럼 말라 버렸다.

가온은 잠든 사제들을 대상으로 마나 탐식을 펼쳐 마기와 사마기는 물론이고 정혈까지 모조리 흡수해 버렸다.

그 모든 과정이 끝나는 데는 겨우 5분밖에 걸리지 않았다. 가온은 투명화 마법을 풀었다.

"나는 맹갈, 오트렐, 베언 대전사장의 부탁을 받고 여러분을 구하러 왔습니다. 잠시 이곳에서 기다리면 우리 아니테라 용병단이 마족의 추종자들을 모조리 해치울 테니 조용히 있다가 신호를 하면 밖으로 나오십시오."

아무것도 보이지 않는 상황에서 자신들을 감시하고 채찍질로 작업을 독려하던 마인 전사들이 차례로 목이 잘리는 광경을 목격한 드워프족은 큰 충격을 받았지만, 가온의 입에서 흘러나오는 대전사장들의 이름에 어느 정도 안정을 찾을 수 있었다.

순식간에 대형 작업장을 정리한 가온은 채굴한 광석들을 나르는 등의 관련 작업을 하고 있는 드워프들을 찾아다니면서 그들을 감시하는 사제와 마전사 들을 차례로 해치웠다.

단원들의 실력이 뛰어난 만큼 작전을 개시하고 10여 분이 흐르고 나서야 지하 도시 곳곳에서 무기끼리 부딪치는 금속성과 비명이 들려오기 시작했다.

자신이 맡은 구역을 깔끔하게 정리한 가온은 그럴 리는 없지만 혹시 밀리거나 위험한 곳이 있을까 봐 투명 날개를 이용해서 빠르게 비행했다.

그런데 만약 그러지 않았다면 후회를 할 뻔했다.

'대사제!'

거대한 박쥐 날개로 빠르게 비행을 하면서 마기로 이루어진 마검을 휘두르고 있는 자가 있었다.

놈을 상대하는 조는 예하가 포함되어 있었는데 단원들은 마법사를 가운데 두고 오러 블레이드를 사용해서 순간 이동이라고 해도 좋을 정도로 빠르게 날아다니는 대사제를 상대하고 있었다.

대사제의 비행술은 가온의 그것보다 훨씬 고명했다. 빠르게 직선으로 날아가다가 수직으로 꺾어 위아래로 이동하거나 누가 끌어당기는 것처럼 순간적으로 이동하는 비행술이었다.

마검도 기이했다. 마치 채찍처럼 자유자재로 휘거나 길이가 변했다.

그 바람에 마법사를 제외하면 모두 소드마스터이고 오러 블레이드를 사용하고 있지만 그럼에도 잔상을 남기며 빠르게 이동하는 대사제를 제대로 공략하지 못하고 있었다.

속도도 속도지만 대사제는 아니테라 전단원들에게 수시로 저주를 걸어서 움직임을 둔화시키거나 감각의 혼란을 야기했기 때문에 소드마스터들이 밀리는 것이다.

예하의 조에 소속된 마법사가 상황을 타개하려고 다양한 마법을 구현하고 있지만 상대가 너무 빨라서 큰 효과가 없었다. 그저 단원들에게 헤이스트 마법이나 위험하다 싶을 때 배리어 마법을 거는 정도가 최선이었다.

'쯔쯧! 오러 블레이드가 만능은 아닌데.'

뭐든 잘라 버린다는 오러 블레이드면 뭘 하나. 상대를 맞히지 못하면 아무 소용이 없었다.

마신전 깨기

마법사와 소드마스터도 곤란해하는 마족 대사제지만 가온에게는 놈을 해치울 아주 효과적인 공격 스킬이 있었다.

'무형인! 스킬 강화!'

가온은 혹시 몰라서 스킬 강화로 무형인의 위력을 배가시켰다.

갑급 선술이라서 S급에 해당하는 무형인은 무려 100만에 가까운 영력이 필요했지만 전혀 아깝지 않았다.

영력으로 이루어진 날이 더욱 두꺼워지고 길어져서 세 날의 길이는 무려 2미터에 달했다. 그런고로 회전을 하는 무형인의 살상 반경도 4미터나 되었다.

마침 소리를 듣고 아나샤가 달려오기에 그녀에게 의념을

보냈다.

"홀리필드!"

아나샤는 아예 단원들까지 포함해서 직경이 50미터나 되는 공간을 신성력으로 채워 버렸다.

침입자 중 성기사나 사제가 있을 거라고는 전혀 생각하지 않았던 대사제의 날갯짓이 순간적으로 느려지는 순간 고속으로 회전을 하는 무형인이 놈을 향해 날아갔다.

"허업!"

파공성이 전혀 나지 않았음에도 위기를 감지한 대사제가 마법을 사용했는지 몸이 흐릿해지는 순간 무형인이 놈의 몸을 세로로 갈라 버렸다.

투둑!

머리부터 사타구니까지 세로로 잘린 대사제는 비명조차 지르지 못했다.

그리고 놈을 중심으로 압축되는 신성력이 절반으로 갈라진 사체를 감싸 버렸다.

아나샤는 이제 홀리필드의 크기를 마음먹은 대로 줄이거나 늘일 수 있는 경지였다.

가장 상대하기 곤란한 대사제가 척살되는 순간 드워프족의 보금자리를 빼앗고 그들을 노예로 부리던 마신 테라르의 사제와 추종자 들이 말끔하게 사라졌다.

그리고 전사들을 잃고 마신의 추종자들에게 노예 취급을

받았던 드워프족은 안전하고 풍요로운 안식처를 얻을 수 있었다.

⚔

죽음의 마신이라는 이명을 가진 라케움의 신전은 대륙 중부 곳곳에 산재하고 있었는데 크게 보면 원을 이루고 있었다.

가온은 그중 가장자리 부분에 있는 45개의 신전 지부들을 맡기로 했다.

3황자 측은 이동의 어려움을 들며 몇 번이나 가능한지 확인했지만 가온은 책임을 지기로 했다.

그렇다고 무료로 그들을 돕는 것은 아니다. 3황자와 5황녀의 신분을 걸고 황실 비고의 세 가지 아이템을 약속받은 것이다.

거리가 가까운 신전들만 처리하면 되는 3황자 측 입장에서 보면 손해 볼 것이 전혀 없는 계약이었다.

77개에 달하는 마신의 신전 중 가온이 45개를 맡기로 했는데, 하나라도 실패하면 굳이 보상을 주지 않아도 되는 조건이었기 때문이다.

파고르와 헤르나가 4년 동안 이 마툰 차원에서 일군 세력은 익스퍼트 180명을 포함해서 전사 500명과 마법사 30명이

나 되었다. 거기에 마신의 추종자들로부터 공격을 당해서 신전을 잃고 떠돌아다니는 방랑 사제 여섯 명도 있었다.

무엇보다 그 세력의 상층부에는 소드마스터 중급의 시그넬 후작을 포함해서 다이트 제국 기사단 출신의 기사들이 있었으며 5황녀가 몸담고 있는 황실 마탑의 7서클 마법사 한 명과 황녀를 포함해서 6서클 마법사가 둘이나 있어서 전력이 막강했다.

거기에 더해서 그동안 던전을 공략해서 얻은 재원으로는 500명 규모의 용병단 두 곳과 1년 계약을 맺었고 마나 포션을 닥치는 대로 사들였다.

그렇게 준비를 마친 3황자 측은 가온과 약속한 날부터 마신 라케움의 추종자들을 공격하기 시작했고 이틀 간격으로 다섯 곳을 정리하는 데 성공했다.

다른 자들은 문제가 될 것이 없었지만 광역 저주 마법으로 전력을 약화시키거나 박쥐 날개로 빠르게 날아다닐 수 있는 대사제를 상대하는 것은 좀 어려웠다. 그래서 3황자와 소드마스터인 시그넬 후작, 7서클 마법사인 라단을 포함한 열 명 정도가 놈을 따로 상대해야만 했다.

"피해 상황은?"

호위 기사가 내민 물수건으로 얼굴에 달라붙은 피를 닦던 파고르는 마법으로 부상자들을 치료하고 난 후에야 자신에게 다가오는 헤르나에게 물었다.

한번 저주에 걸리면 저주를 건 자를 죽이더라도 바로 해주가 되는 것이 아니기 때문에 약화된 전력으로 나머지 놈들을 상대하다 보면 어쩔 수 없이 피해가 발생했다.

그나마 방랑 사제 여섯 명을 영입할 수 있었기에 망정이지 그렇지 않았다면 매번 큰 피해를 입었을 것이다.

"고용한 용병단 측의 피해 상황은 파악하지 못했지만 우리 다이트 용병단에서 전사 넷이 죽었고 42명이 중경상을 입었어요."

파고르는 헤르나의 대답에 이맛살을 찌푸렸다.

"갈수록 사상자가 늘어나네. 그럼 우리 용병단에서만 지난 열흘 동안 발생한 사망자가 25명이군."

"다른 지부들이 공격을 받고 있다는 소식이 전해져서 대비가 철저한 탓이에요. 아무튼 거기에 치료를 마쳤음에도 더 이상 전투가 불가능한 신체 손상을 입은 자가 벌써 45명이에요."

더 이상 전투에 합류할 수 있는 인원이 70명이나 된다. 6서클에서 7서클 마법사에 해당하는 대사제가 이끄는 사제와 마전사가 머무는 신전 다섯 개를 완전히 박살 낸 것치고는 양호한 피해였지만, 자신들의 전력과 대비하면 15%에 가까운 전력 누수가 발생한 것이다.

"후유! 한 일주일 정도는 단원들을 쉬게 해 주고 전력을 정비해야겠어. 장기 계약한 용병단 측에 쓸 만한 인재가 있으면 영입을 해서 전력도 보충해야 하고.”

“나도 같은 생각을 했어요. 내가 처리할게요.”

“그나저나 우리가 이 정도면 이동할 거리가 먼 아니테라 용병단은 아주 고전을 하겠네.”

“우리 차원에 알려진 전력만 생각하면 우리보다 훨씬 막강할 테지만 오빠 말대로 이동이 관건이에요. 우리 차원처럼 상설 텔레포트 마법진이 활성화된 것이 아니니까. 라친다 정보 길드를 통해서 한번 알아볼까요?”

“그래. 수고 좀 해 줘.”

파고르의 허락이 떨어지자 헤르나 황녀가 전장에서 벗어난 곳에서 통신을 하고 있는 이들을 향해 달려갔다.

마툰 대륙의 중북부 지역에서 사람들이 아무런 의심 없이 믿는 말이 있었다.

언제.어느 곳이든 사람이 있는 곳이면 반드시 한 명 이상은 라친다 정보 길드 소속이라는 말이다.

그만큼 라친다 정보 길드는 수많은 정보원을 보유하고 있으며, 그들이 그물망처럼 촘촘한 정보망을 형성하고 있었다.

게다가 이번에 다이트 용병단이 공식적으로 마신 라케움의 신전과 추종자들을 말살하겠다고 공언하고 베로트를 떠났기 때문에 라친다 측에서는 양해를 구하고 중진에 해당하는 정보원 세 명을 동행시켰다.

그들은 본부와 연락이 가능한 통신 수단을 가지고 있기 때

예지몽으로
히든랭커

문에 마신 라케움의 추종자 측의 동향을 즉각 파악할 수 있어서 다이트 용병단 측에도 큰 도움이 되고 있었다.

그렇게 라친다 정보 길드 측 인사를 만나러 간 헤르니가 다시 돌아왔는데 낯빛이 아주 이상했다.

"왜? 설마 온 클랜, 아니 아니테라 용병단이 전멸하기로 한 거야?"

"그, 그게 아니라 좀 이상해서……."

"뭐가? 왜 그러는데?"

"방금 전까지 라친다 정보 길드의 본부에서 파악한 바로는 아니테라 용병단이 오늘 이 시각까지 총 22개의 신전 지부를 말살했대요. 믿어져요?"

"……."

헤르나의 말에 평소 놀라는 법이 없었던 파고르가 입만 벌리고 아무 말도 하지 못했다.

"라친다에서도 믿을 수가 없어서 추가로 정보원을 파견해서 확인했대요. 마신의 추종자들은 물론 신전 건물까지 모조리 사라졌대. 멀리 떨어진 곳에 숨어서 현장을 목격한 자들에 따르면 전투가 시작되고 채 30분도 지나지 않아서 추종자들은 모조리 죽어 버렸고, 그 직후 눈을 뜰 수 없을 정도로 강한 돌풍이 불었는데, 돌풍이 사라진 직후에는 신전 건물이나 시체들은 물론이고 아니테라 용병단까지 사라졌대요."

"그, 그게 말이 되나?"

"라친다 측에서는 아니테라 용병단이 바람 속성의 최상급 정령사를 보유하고 있고, 세상에 알려지지 않은 초대형 이동식 텔레포트 마법진 아이템까지 소지한 것으로 추측하고 있어요."

"으음. 그 실력으로 그동안 숱한 던전을 공략했고 차원 의뢰도 몇 건 완수했을 것을 생각하면 보상이나 갓상점을 통해서 그런 아이템을 획득했을 가능성이 없지는 않은데, 우리와 너무 비교가 되니 좀 허탈하네."

"맞아! 이 감정이 허탈한 거구나. 처음 느껴 보는 감정이라 정체조차 몰랐어요."

정말 허탈했다. 지난 4년 동안 노력한 결과를 바탕으로 자신들이 기를 쓰고 거둔 성과는 이제 막 차원을 건너온 온 클랜, 아니 아니테라 용병단의 그것에 비하면 너무 초라했기 때문이다.

"벌써 목표의 절반 정도를 처리했다니······."

파고르 역시 허탈하기는 마찬가지인 것 같았다.

"대체 하루에 몇 개씩 처리한 거지? 열흘 만에 22개면 하루에 최소한 두 곳을 처리한 거네."

그렇게 생각하니까 더 황당했다.

아니테라 용병단이 맡은 신전 지부들보다 거리가 훨씬 더 가까운 곳들임에도 이동하는 데만 꼬박 하루 이상이 걸렸기 때문이다.

"라친다에서 파악한 아니테라 측의 전력은 어때?"

"무시무시해요. 총인원이 500명 정도인데 소드마스터만 최소 열 명이에요. 성자나 성녀급의 사제도 있고 정령사와 마법사만 합해서 100명 정도래요."

"성자급의 사제까지 있다고?"

"응. 그렇게 말했어요. 멀리 떨어진 곳에서 봤지만 광역 힐을 너무나 자연스럽게 구사하는 여사제가 있다고요."

성자급의 사제는 또 어떻게 영입을 한 건지 모르지만 정말 굉장한 전력이다.

"아무튼 우리도 힘을 내야겠군."

"하지만 우리는 이게 최선이에요, 오빠. 더 이상 무리하면 피해가 커질 거예요."

"맞아. 그렇겠지. 하지만 이대로 일이 진행된다면 우리의 존재 가치가 너무 떨어져."

헤르나는 더 이상 오빠의 말에 반응하지 않았다. 허탈한 마음에 더해서 3황자의 말대로 자존감이 심하게 낮아진 것이다.

파죽지세였다. 아니테라 용병단은 지난 열흘 동안 하루도 쉬지 않고 매일 두세 개의 신전 지부를 완전히 말살했다.

전투 경험을 위해서 전사장들뿐 아니라 상급과 중급 전사까지 교대로 소환했고, 아니테라와 시간의 흐름이 달라서 피로가 쌓일 염려가 전혀 없었다.

가온은 오직 대사제나 사도만 처리했는데 투명화 스킬에 무형인 선술만 사용했다.

덕분에 투명화 스킬은 2레벨이 되었고 무형인 선술도 2성이 되어 여섯 개의 투명한 날을 만들 수 있었고 조종할 수 있는 거리 역시 60미터로 늘어났다.

물론 가온은 매번 스킬 강화를 사용해서 무형인의 위력을 높였다.

굳이 영력을 아낄 필요가 없었고, 고위급 마족에 해당하는 사도나 대사제라는 존재는 절대로 경시할 수 없는 능력을 지니고 있어서 확실하게 처리하려고 한 것이다.

그렇게 가온이 가장 강력한 능력을 가진 대사제나 사도를 처리했으니, 나머지는 단원들에게는 상대도 되지 않았다.

가온은 다이트 용병단과 동시에 작전을 개시한 지 보름이 지났을 때 아니테라 전단은 35개나 되는 마신 라케움의 신전 지부를 박살 냈다.

이제 목표까지는 불과 10개의 신전 지부밖에 남지 않았다.

'이거 쏠쏠하네.'

신전 지부에 보관하고 있는 다양한 물품과 처치한 마족 사도와 대사제부터 얻는 전리품을 제외하고도 지부 하나를 없애면 보상으로 명예 포인트가 10만이 주어졌다.

'거기에 10만이라는 신성력까지.'

덕분에 보름 동안 350만에 이르는 명예 포인트와 신성력을 얻을 수 있었다.

무엇보다 좋은 점은 그 보상을 자신만 얻는 게 아니라는 것이다.

단원들도 공헌도에 따라서 던전 공략에 준하는 명예 포인트를 획득했다.

덕분에 시르네아와 예하 그리고 헤르나인 등 일족의 수장들은 전사의 가족들로부터 다음 작전에는 자신들을 불러 달라는 청탁까지 받고 있다고 했다.

그건 마법사나 정령술사 그리고 영술사도 마찬가지였다. 그들 역시 명예 포인트와 함께 갓상점을 이용할 수 있는 권리를 얻었기 때문이다.

그러니 사기는 충천했고 그 영향으로 아니테라 주민들의 분위기도 훨씬 더 밝아졌다.

다만 아쉬운 건 신전 지부에는 가온과 견줄 수 있는 강자가 없었기 때문에 레벨업을 할 수 없다는 사실인데, 그건 어느 정도 포기하고 있었다.

'아쉬울 건 없어. 내가 어려워할 상대가 없는 편이 더 좋지. 다만 이제부터가 문제야.'

지금까지 말살한 신전 지부는 비교적 규모가 작았지만 남은 지부들은 규모가 두세 배는 더 컸다.

특히 산악 도시에 자리하고 있는 로레룸 지부는 단순한 지부가 아니라 지역 본부에 해당했다. 마툰 차원에서 가장 먼저 세워진 라케움의 신전이다.

라친다 정보 길드에서 제공한 정보에 의하면 이 신전에는 상주하는 사제만 해도 200명에 달하고 마전사도 1천 명에 달한다고 했다.

거기에 라케움이 죽음의 마신이라는 이명을 가져서 그런지 도시를 장악할 때 놈들과 맞서 싸우다가 죽은 인간과 아인종 전사들의 사체로 만든 스켈레톤과 좀비 들이 가득하다고 했다.

라친다 정보 길드와 장기 계약을 맺은 다이트 용병단의 도움으로 가온은 마신 라케움의 신전 건에 한해서 무상으로 정보를 제공받을 수 있었다.

'무엇보다 그곳이 중요한 이유는 신전이 세워지기 이전에는 수많은 검술관과 마탑 지부가 난립했을 정도로 마나가 짙은 곳이었다고 했어.'

지금은 그 어떤 곳보다 마기가 짙은 곳이라고 알려진 것을 보면 예상이지만, 그곳 역시 잉겔트처럼 지표에 가까운 지하에 영맥이 있을 확률이 높았다.

흡발석과 마법진을 이용해서 영력을 마기로 바꿔 방출하는 것일 터다.

일단 조사를 해 보면 알게 될 것이다.

'로레룸부터는 언데드를 활용해 볼까?'

스켈레톤이나 좀비라고 해서 무시할 수가 없었다. 숫자가 수만 마리에 이르는 데다가 언데드 대부분은 정확하게 머리를 부숴야만 소멸하는 존재였기 때문이다.

'게다가 좀비는 시독(屍毒)까지 가지고 있어서 더욱 위험해.'

그러고 보니 알테어의 근황이 궁금했다.

오랜만에 알테어에게 의념을 보냈다.

-네, 주인님.

'어떻게 되어 가?'

-이제 신상에 제 혼이 안착되었습니다. 아니테라 시간으로 사나흘 정도면 움직일 수 있을 것 같습니다.

'잘됐네. 금방 활동하게 해 줄 테니까 기대해.'

-하하하. 알겠습니다. 주인님이 명령을 내리실 때까지 드래곤 아공간에 넣어 두신 설인 사체를 구울로 만들어도 될까요?

'내가 각인을 바꾼 구울킹들을 활용하면 되는 거 아닌가?'

-안 됩니다. 저는 주인님께 귀속된 존재이기 때문에 구울킹들은 제 명령을 제대로 따르지 않을 겁니다. 차라리 아직 제련이 안 된 설인 사체를 마법진을 이용해서 구울로 제련하는 편이 나을 것 같습니다.

그런 문제가 있었다.

'그럼 구울킹을 제외한 설인 구울들은 가능한 거 아니야?'

─네. 가능하기는 한데 괜찮으세요? 숫자가 엄청나던데요.

'당연히 괜찮지. 어차피 내 전력이잖아.'

─그럼 일단 각인부터 바꾸겠습니다. 그렇게 되면 아니테라 시간으로 열흘 정도면 제 명령만 따르는 구울로 만들 수 있습니다.

'그래. 그렇게 해. 그때 부를 테니까.'

이틀 정도야 다른 지부부터 처리하면 되니 문제 될 것이 없었다.

로레룸을 건너뛰고 인근에 있는 신전 지부 다섯 곳을 연달아 박살 낸 가온은 드디어 로레룸을 공략하기로 했다.

정령들의 정찰 보고와 자신이 직접 공중 정찰을 해 본 결과 도시 내에 살아 있는 존재는 한곳에 수용되어서 노동을 하고 있었는데 바로 광산이었다.

'노천 광산이라.'

대략 1만 가까운 인간과 다양한 아인종들이 주위보다 10미터 정도 낮은 넓은 구덩이 안에서 곡괭이와 삽을 이용해서 광물을 캐내고 옮기는 노역을 하고 있었다.

그나마 성인들은 파내는 작업을 하고 있었고 노약자들은 파낸 돌들을 한곳으로 나르는 일을 하고 있었는데, 마전사들은 사람들이 조금이라도 쉬면 거침없이 채찍을 휘둘러서 사방에서 비명이 난무하고 있었다.

조금 아래로 내려가서 채광을 하는 곳을 살펴보니 일전에 잉겔트에서 봤던 마정석을 캐고 있는 것이 틀림없었다.

심안을 발동해서 확인을 하니 대략 100미터 깊이에 마나석 광맥이 있었고 더 깊은 곳에는 엄청난 영력을 발산하는 굵은 영맥들이 마치 서로 뒤엉킨 구렁이들처럼 지나가고 있었다.

영력 광맥까지 확인한 가온은 곧바로 다시 날아올라서 마법진을 찾기 시작했는데 심안에도 들어오는 것이 없었다.

'이럴 리가 없는데.'

뭔가 있다는 것을 확신한 가온은 샅샅이 주위를 수색한 끝에 구덩이의 가장자리 부분에 박혀 있는 금속 봉들을 발견할 수 있었다.

'설마?'

확인해 보니 봉의 표면에 마법진이 빼곡하게 새겨져 있었다. 방식은 달랐지만 이 금속 봉이 서브 코어 역할을 하는 것 같았다.

'이런 식으로 마법진을 응용해서 활용할 수도 있군.'

다시 구덩이의 중앙 부분으로 날아가서 확인을 해 보니 메인 코어 자리에 잉겔트에서 본 검은 구체보다 수십 배는 더 큰 검은 구체가 영맥과 가까운 곳에 자리하고 있었다.

그 사실을 확인한 가온은 바로 검은 구체를 빼지 않고 다시 날아올라서 신전으로 향했다.

거대한 마신상이 세워진 정문 앞에 도착한 가온은 무형인을 생성해서 사제 둘과 마전사 열 명의 목을 순식간에 베어 버린 후 알테어를 소환했다.

"은신!"

소환되자마자 은신 마법을 펼친 알테어는 각인을 제거하고 새롭게 각인을 시킨 설인 구울들을 소환하기 시작했다.

신전의 정문 앞은 순식간에 소환된 설인 구울들로 가득했다. 체고가 3미터가 넘는 거대한 체구의 설인 구울 50구만 소환했음에도 공간을 가득 채운 것이다.

"내 종들이여, 안으로 들어가서 살아 있는 것들을 모조리 죽이고 때려 부숴라!"

설인 구울들은 본래 생명체의 살과 피를 탐하는 본성을 가지고 있기에 명령이 떨어지자마자 물밀듯이 문으로 몰려들었는데, 워낙 몸집이 크다 보니 서로 엉켜 버렸고, 화가 난 몇 구의 구울이 주먹을 휘두르자 정문 주위의 벽이 아예 무너져 버렸다.

알테어는 은신을 유지한 상태로 신전의 벽을 따라 돌면서 일정한 거리마다 설인 구울들을 소환해서 벽을 부수고 안으로 들어가서 살아 있는 모든 것을 죽이고 짓이기라는 명령을 내렸다.

꽈앙! 쿠르릉!

신전의 담들이 차례로 부서지고 무너진 후에는 설인들이 차례로 내부로 달려가서 마인이 된 마전사들을 공격했다.

설인 전사는 마나를 쌓고 사용하는 대신 체내에 영력을 받아들여서 고유한 힘으로 변질시켜 사용했는데, 마나와 다른 점은 이미 육체에 동화되어 뼈와 근육이 마나를 주입한 것과 같은 상태라는 것이다.

그건 구울이 되고 나서도 마찬가지인데, 마기로 인해서 영력을 더 많이 받아들였기 때문에 강화된 뼈와 근육은 더욱 강한 위력을 발휘했다.

그렇게 알테어가 설인 구울들을 소환해서 신전을 때려 부수는 동안 가온은 마정석을 채광하는 노천 광산으로 날아갔다.

사람들은 여전히 고된 노역을 하고 있었고 마인 전사들은 그들에게 채찍을 휘두르며 작업을 독려하고 있었다.

그때 사람들 중 일부가 헛바람을 토했다.

"어어엇!"

그들의 눈에 자신들을 때리고 괴롭히던 마인 전사의 머리통이 떨어졌는데, 희한하게도 절단 부위에서 피가 전혀 나오지 않았다. 마치 인형의 목이 순간적으로 떨어지는 것 같았다.

'역시 화기를 섞으니 비주얼이 좋네.'

절단된 부위에서 피가 분수처럼 솟구치는 모습은 가온도 보기 싫었다.

그래서 무형인에 화기를 섞어 봤는데 희미하게 붉은 기가 보이기는 했지만 바라던 효과를 확인할 수 있었다.

무형인은 고속으로 회전을 하면서 마인 전사들의 목을 자르기 시작했는데, 그 속도가 얼마나 빠른지 불과 몇 호흡밖에 되지 않는 짧은 시간에 구덩이 안은 물론이고 구덩이 가장자리를 지키고 있던 놈들의 목을 모조리 잘라 버렸다.

목을 잃은 마전사들이 하나둘 쓰러지기 시작하자 비로소 사람들이 비명을 지르기 시작했다.

"조용히!"

가온은 여전히 투명화 스킬을 사용한 상태에서 목소리에 마나를 담아서 낮게 외쳤다.

"나는 라케움의 추종자들을 말살하기 위해서 이곳을 찾아온 아니테라 용병단의 온 훈이오! 지금 큰 소리를 내면 다른 자들의 주의를 끌 수 있으니 조용히 하시오!"

낮지만 마나가 깃들어 모두에게 선명하게 들리는 목소리에 사람들은 비명을 지르다가 손으로 입을 틀어막았다. 그동안 죽지 못해 살면서 간절하게 바라고 바랐던 구원자가 나타난 것이다.

그렇게 조용해지자 가온이 모습을 드러냈다.

"이 중에 지도자가 있으면 나서시오."

가온의 말에 지저분한 머리칼과 수염이 반쯤 하얗게 세어 버린 초로의 남자가 그가 있는 곳으로 걸어왔는데 이견이 없 는지 따로 나서는 이는 없었다.

"발틱 아처라고 합니다."

놀랍게도 발틱의 몸에는 마기 때문에 굳은 상태지만 익스 퍼트 상급에 해당하는 많은 마나가 쌓여 있었다.

"우리 용병단이 지금 신전을 공격하기 시작했소. 언데드 가 많아서 자칫 여러분이 휩쓸릴 수도 있는데, 혹시 안전한 곳을 알고 있소?"

굳이 지금 상대의 신분을 알 필요는 없어서 용건만 말했 다.

"이곳에서 캐낸 마정석을 보관하는 창고가 있습니다. 크 고 튼튼해서 조금 비좁겠지만 전부 들어갈 수 있을 겁니다. 다만 그동안 캔 마정석이 많이 쌓여 있어서 여유가 있을지 모르겠습니다."

"어디요?"

"신전의 왼편에 있는 언덕 아래에 있습니다. 신전보다 이 쪽이 더 가깝습니다."

발틱은 손을 들었다가 자신이 지금 10미터 깊이의 구덩이 안이라서 손가락으로 가리킬 수 없다는 사실을 깨닫고 그렇 게 대답했다.

"잠시만 이곳에서 대기하고 있으시오."

가온의 신형이 그 말과 함께 사라졌다. 공간 이동술을 사용한 것이다.

눈앞에서 가온이 사라지는 모습에 발틱의 눈이 잠깐 커졌지만 이내 고개를 끄덕이더니 사람들을 손짓으로 불러 모았다.

"다들 들었을 것이다. 우리를 구출해 줄 용병단이 왔으니 그의 말대로 이곳에서 소리를 내지 말고 기다리도록 해!"

다들 지금이 얼마나 고대하던 상황인지 잘 알기에 어린아이들까지 대답 대신 고개를 끄덕였다.

얼마 후 돌아온 가온은 사람들을 이끌고 대형 창고로 향했다.

사람들은 가는 길에 널려 있는 마전사들의 사체를 보고 속이 시원해졌다.

사람들에게 채찍질을 하고 심지어 죽이기까지 했던 놈들은 모두 머리가 잘린 상태로 쓰러져 있었는데, 전혀 피가 보이지 않아서 더욱 기괴했다.

그렇게 창고에 도착할 무렵, 뒤쪽에서 따라오던 사람들이 놀라 비명을 질렀다.

"언데드다!"

사방에서 몰려오는 좀비를 본 사람들의 안색이 창백해졌다. 좀비만이 아니었다. 그 뒤쪽으로는 아직 살점이 좀 남아 있는 스켈레톤들도 있었다.

"걱정하지 말고 창고로 들어가시오."

가온의 말에 사람들은 다투어 거대한 창고로 들어갔는데 원래라면 당연히 안에 쌓여 있을 마정석은 전혀 보이지 않았다.

그렇게 사람들이 모두 창고로 들어오자 문을 잠근 가온은 아공간 주머니에서 빵, 육포, 과일 그리고 물 항아리를 꺼냈는데 양이 엄청났다.

"우리가 라케움의 추종자들은 물론 언데드까지 모조리 처치할 때까지 여러분은 곳에서 식사를 하면서 기다리기만 하면 됩니다."

그때 좀비가 먼저 도착했는지 밖에서는 '그어억' 하는 소리와 함께 문은 물론이고 벽을 두드리는 소리가 들려왔다.

"그, 그런데 어떻게 나가시려고요?"

이제야 사람들을 챙긴 발틱이 가온 쪽으로 다가와 물었다.

창고는 사면의 벽 위쪽에 손바닥 크기의 창들만 있을 뿐 지금은 안에서 잠겨 있는 강철 문을 제외하고는 따로 나갈 곳은 없었다.

가온은 대답 대신 천장을 향해 손바닥을 펼쳤다. 그리고 다음 순간 천장의 한곳이 터져 나가면서 환한 햇빛이 들어왔다.

그의 신형이 너무나 가볍게 그곳을 향해 날아올랐고 곧 사람들의 눈에서 사라졌다.

발틱은 너무 놀라서 잠시 입만 벌리고 있었다.

'대체 무슨 수를 쓴 거지? 마법은 아닌데.'

비록 체내에 들어온 마기로 인해서 마나를 사용할 수는 없지만, 그래도 명색이 익스퍼트 상급이었던 전사답게 감각은 고스란히 남아 있기 때문에 마나의 유동 정도는 느낄 수 있는데, 지금은 아무것도 감지하지 못했다.

'나와는 차원이 다른 강자군.'

자신들을 구해 준 용병단의 단장이 소드마스터라는 사실을 깨달은 발틱의 얼굴이 좀 풀어졌다.

자신도 마기가 아니면 수백 구 정도의 좀비나 스켈레톤 정도는 쓸어버릴 수 있는 비기를 익히고 있는데, 소드마스터라면 전혀 걱정할 필요가 없었다.

"우리의 은인은 소드마스터다! 그러니까 바깥쪽은 신경을 끄고 일단 배부터 채우자. 전사들이 나와서 빵을 비롯한 음식들을 배급하도록 해!"

사람들은 문과 벽을 두드리는 좀비들로 인해서 아직도 불안한 얼굴이었지만 '빵'과 '음식'이라는 단어를 듣고 자신도 모르게 침을 삼켰다.

천장의 구멍을 통해 밖으로 나온 가온은 지붕 위에 서서 사방에서 밀려오는 좀비와 스켈레톤을 쳐다보고 있었다.

'대체 얼마나 많이 만든 거야?'

파도라고 할 만큼 엄청난 숫자였다. 좀비만 해도 족히 1만 구는 넘을 것 같았고 스켈레톤은 그 이상이었다.

'단원들을 불러내야 할까?'

신전 쪽으로 시선을 돌리자 완전히 무너져 버린 벽의 잔해 사이로 설인 구울들이 미친 듯이 날뛰며 사제와 마인 전사들을 찢어 죽이는 모습이 보였는데, 구울킹은 보이지 않았다.

알테어는 새로운 육체에 깃드는 데 성공했지만 시간이 많지 않아서 설인 구울을 그리 많이 만들어 내지 못한 것 같았다.

잠시 고민하던 가온은 굳이 단원들까지 불러낼 필요성을 느끼지 못했다.

'저놈들을 어떻게 처리할까?'

이런 상황에서 무형인을 사용하는 건 어려웠다. 사제와 마전사를 상대로 극강의 위력을 발휘한 무형인이지만 머리통을 부수지 않는 한 공격을 멈추지 않는 언데드에게는 부적합했다.

'오랜만에 거대화 스킬을 써 보자.'

신체 내외부를 용의 그것처럼 단단하게 단련하는 용체술을 꾸준히 익혀 왔는데, 지금은 검기 정도는 아무런 상처도 입지 않을 정도로 육체가 강해졌다.

거기에 티탄의 아머도 있으니 오랜만에 파르를 철퇴로 변환시켰다.

보통 철퇴는 철봉의 한쪽 끝에 울퉁불퉁한 구체의 쇳덩어리를 사슬로 연결한 형태지만, 파르가 변환한 철퇴는 5미터에 이르는 장봉의 양 끝에 가시가 돋은 커다란 철구(鐵球)가 달린 형태였다.

가온은 먼저 방어구를 바꾸었다. 착용하고 있던 방어구 대신 신축성이 뛰어나서 거대화 스킬을 사용할 때 적합한 플렉시블 슈트로 바꾼 것이다. 그리고 거기에 티탄의 아머를 착용했다.

창고 지붕 위에서 거대화를 할 수는 없기에 일단 언데드가 적은 곳으로 날아내린 가온은 손발을 휘둘러 좀비와 스켈레톤을 치워 버린 후 거대화 스킬을 발동했는데, 오우거의 진혈을 사용했다.

순식간에 오우거처럼 거대해진 가온은 손에 쥔 봉을 휘두르기 시작했다.

봉의 양 끝에는 아이 머리 크기의 가시가 돋친 철구가 붙어 있었는데 궤적에 걸린 좀비와 스켈레톤의 머리통을 아예 박살 냈다.

굳이 마나를 주입할 필요도 없었다.

오우거의 근력으로 휘두르기만 해도 좀비와 스켈레톤의 머리통이 박살이 난 것이다.

놈들의 공격은 전혀 신경 쓰지 않았다. 플렉시블 슈트의 방어력에 더해서 충격량의 9할을 외부로 흘릴 수 있으며 자체 방어력도 어지간한 충격은 무시하는 티탄의 아머를 착용하고 있었다.

가온은 무시무시한 속도로 이동하면서 경로에 있는 좀비와 스켈레톤의 머리통을 박살 냈는데, 철퇴에 당한 언데드는 더 이상 움직이지 못했다.

알테어가 제련한 설인 구울들의 전투력은 놀라웠다. 마인 전사들은 물론이고 마족 특유의 암흑 마법을 사용하는 사제들도 속절없이 온몸이 찢겨 나갔다.

라케움의 이명은 죽음의 마신이다. 당연히 죽음의 기운을 다루며 죽은 자들을 지배하는 권능이 있었다.

그래서 라케움의 사제는 기본적으로 사령술사라고 할 수 있었다. 사체를 스켈레톤이나 좀비 혹은 구울로 만들어서 부리며 시독을 사용하거나 사체 폭발과 같은 사령술 계열의 마법을 구사할 수 있었다.

그런 사제에게 언데드는 장난감이나 다름이 없었지만 익스퍼트급의 전투력을 가지고 있는 설인 구울에게는 별다른 힘을 쓰지 못했다.

속성이 같기 때문에 격이 높은 자가 제련한 언데드에게는 사령술이 잘 통하지 않는 것이다.

하지만 신전의 대전과 가까워지는 순간부터 상황이 바뀌었다. 설인 구울들의 몸놀림이 눈에 띄게 둔화되고 사체의 살점이 빠르게 썩기 시작한 것이다.

그 바람에 암흑 마법에 걸려 허우적거리다가 마기가 깃든 마전사의 검에 팔다리가 잘리는 구울들이 하나둘 나오기 시작했다.

은신 상태로 상황을 지켜보던 알테어는 대사제가 나섰다는 사실을 알 수 있었다.

'저주를 걸었군.'

단순히 동작의 둔화를 야기하는 저주만이 아니라 부패를 시키는 저주까지 동시에 펼쳤다.

이미 언데드가 된 설인 구울을 대상으로 저주를 걸 정도면 대사제인지 사도인지는 알 수 없지만 대단한 능력을 가진 것 같았다.

'생물이라면 치명적인 저주겠지만 나에게는 큰 영향을 줄 수 없지.'

알테어는 구울에게 광폭화 마법을 걸었다.

그러자 방금 전까지 부자연스럽게 움직이던 설인 구울들이 두 배는 더 빠르게 움직였는데, 그야말로 눈에 뵈는 것이 없는 상태가 되어 전사가 휘두르는 검이 눈앞까지 날아온 상황에서도 상대에게 달려들었다.

광폭화 상태의 구울이 무서운 점은 죽음을 두려워하지 않

예지몽으로
히든랭커

는 언데드 특유의 장점에 더해서 단시간에 가진 능력의 두세 배에 해당하는 능력을 발휘할 수 있다는 점이다.

마족 사제나 마기에 오염되어 마인이 된 전사들은 당연히 죽음이 두렵고 본능적으로 위험을 회피한다. 그러니 구울들이 저돌적으로 달려들수록 손발이 어지러워지고 결국 구울의 손톱과 이빨에 몸이 갈기갈기 찢어지고 말았다.

그렇게 신전 안에 머무르던 사제와 마전사의 절반 정도가 죽어 버리자 놈들은 무슨 명령이라도 들었는지 더 이상 구울을 상대하지 않고 몸을 돌려 마신의 상이 있는 본전 안으로 도망쳤다.

설인 구울들은 본능에 따라서 놈들을 따라 본전으로 들어갔는데 3분의 1 정도가 들어갔을 때 알테어가 갑자기 멈추라는 명령을 내렸다.

'안쪽 공간이 확장되어 있어!'

본전 건물이 신전에서 가장 크기는 하지만 마신의 추종자 300여 명과 설인 구울 30~40마리가 들어갈 수 있을 정도는 아니었다. 잘해야 100여 명이 들어가면 꽉 찰 정도의 크기였기 때문이다.

'함부로 들어가면 안 돼!'

자신의 영혼이 마신이 준비했던 육체에 제대로 안착하기는 했지만 아직 제대로 된 능력을 발휘할 수는 없었다.

그나마 설인 구울 수백 구의 각인을 바꾸는 것도 무리한 것이다.

알테어는 이 이상 무리할 생각이 없었다. 자신이 마법사에 리치로 그리고 영혼체로 살아오는 동안 보고 들어 본 존재 중 가장 강한 사람이 근처에 있는 것이다.

－주인님!

'어떻게 됐어?'

－절반 정도는 처리했는데 나머지가 대사제가 있는 것으로 추정되는 본전 안으로 도망쳤습니다. 어떻게 할까요?

'무리하지 말고 내가 갈 때까지 기다려. 놈들이 도망치지 못하도록 조치하고.'

－네, 주인님.

역시 주인이라면 자신의 능력 부족을 나무라지 않을 줄 알았다.

알테어는 설인 구울들에게 죽인 마족과 마인 들을 잡아먹으라고 명령을 내린 후 본전 주위에 대형 마법진을 설치하기 시작했다.

'아나샤 주모님에게 성석을 받아 오길 잘했네.'

일전에 아나샤가 친 신성 결계진을 치는 방법은 제대로 기억하고 있었다.

마기와 상극인 신성력이 가득 채워지는 신성 결계진이 가동되면 자신도 안으로 쉽게 들어갈 수 없지만, 대사제를 비롯한 상대 역시 쉽게 빠져나오지 못할 것이다.

'결계진 안에 마기를 품은 존재가 들어가면 마치 독극물이 가득한 늪 속에 머리만 내놓고 움직이는 것과 비슷할 거라고 했지.'

신성력은 단순히 마기와 상쇄되는 상극인 에너지가 아니다. 마기를 잡아먹고 육체를 불태워 소멸하는 그런 에너지인 것이다.

가온이 알테어의 의념을 받았을 때는 마정석 노천 광산이 위치한 도시 외곽부터 시작해서 창고와 신전의 본전을 뺀 나머지 건물과 공간에 배치된 사제와 마전사 그리고 언데드를 모두 해치운 후였다.

거대화 스킬을 해제한 가온은 파르를 다시 외피부로 돌렸지만 티탄의 아머는 그대로 착용했다.

파르 대신에 자주 쓰는 대검을 꺼낸 후 공간 이동술을 연속해서 펼쳐 순식간에 신전의 본전에 도착했다.

'호오, 알테어가 신성 결계진까지 알고 있었네.'

─어서 오십시오, 주인님. 설인 구울 34구가 안으로 들어갔는데 아무 소리도 나지 않아서 일단 본전을 포함하는 신성 결계진을 설치했습니다.

여전히 은신 상태를 유지하고 있는 알테어가 의념을 보냈다.

'설인 구울의 몸집을 고려하면 본전 내부에는 공간 확장이

되어 있겠군.'

언데드의 숫자가 많은 것도 그렇고 라친다 정보 길드의 분석과 달리 꽤 중요한 신전 지부인 것 같았다.

-그런 것으로 보입니다. 그래서 섣불리 움직이지 않았습니다.

'그건 잘했어. 내가 들어가 보지.'

-조심하십시오.

가온은 알테어의 염려 가득한 마음을 생각해서 무형인을 만들어 앞에 세웠다.

고속으로 회전하는 무형인은 물론이고 가온도 투명화 스킬을 사용하고 있었기에 육안으로는 아무것도 보이지 않을 것이다.

본전의 문은 이미 열려 있었다. 하지만 안을 전혀 볼 수가 없었다. 그저 심연처럼 어둡기만 했다.

경각심을 가진 가온은 문 안쪽으로 들어가는 순간 몸이 수렁에 빠진 것처럼 느껴졌다.

'마기와 사기가 섞여 있어!'

가온은 더 이상 들어가지 않고 그 자리에 서서 음양기 일부를 마기와 죽음의 기운으로 전환시켜 마나로드로 순환을 시켰다. 그러자 무거웠던 몸이 다시 가벼워졌다.

실내는 뭔가 무겁고 끈끈한 기운이 안개처럼 가득 채우고 있어서 앞이 보이지 않아서 심안을 발동해야만 했다.

그러자 육안으로는 볼 수 없었던 광경이 드러났는데, 건물의 크기보다 내부 공간이 열 배는 더 큰 것을 보니, 공간이 확장된 것은 확실했다.

가장 먼저 눈에 들어온 것은 먼저 들어갔다는 설인 구울들이었다. 놈들은 마치 경배라도 하듯 안쪽에 있는 거대한 마신상을 향해 머리를 조아린 상태였는데, 뼈밖에 남지 않은 상태였다.

'이미 살이 모두 부패해 버렸군.'

게다가 알테어의 각인까지 풀린 것 같았다.

그리고 마신상의 바로 앞에는 사도 혹은 대사제로 추정되는 하얀 로브를 입은 자가 앉아 있었다. 또한 그의 뒤쪽으로 50여 명의 사제와 300여 명의 마전사들이 무릎을 꿇은 자세로 신상을 향해 기도를 하고 있었다.

그런데 마신상에서 마기와 함께 죽음의 기운이 안개처럼 방출되어 사제와 마전사 들의 몸을 뒤덮고 그들의 몸으로 조금씩 흡수되고 있었다.

자세히 보니 이 신전의 바닥에도 특별한 마법진이 새겨져 있었고 지금 활성화된 상태였다.

'저 마신상이 메인 코어겠군.'

가온은 마기는 모르겠지만 사기는 뼈만 남은 설인 구울에서 추출했다는 사실을 알 수 있었다.

사기는 마법진의 효과로 뼈만 남은 설인 구울들에게서 빠져나와서 마신상으로 들어갔다가 마기와 함께 사제와 전사들에게 향하고 있었다.

그걸 확인한 가온은 문득 한 가지 생각을 떠올리고 키가 10미터에 달하는 거대한 마신상의 뒤편을 좌표로 설정하고 공간 이동을 했다.

짧은 거리지만 성공적으로 마신상의 뒤편으로 이동한 가온은 혹시 대사제가 눈치를 챘을까 봐 긴장했지만, 대사제와 사제들은 기도문처럼 들리는 낮은 소리를 읊조리면서 마기와 사기를 흡수하는 데 전념하고 있었다.

잠시 지켜보는 중에도 마신상에서 방출되는 마기와 사기는 빠르게 농후해지고 있었고, 대사제와 사제들은 엄청난 흡입력으로 그것들을 흡수하고 있었는데 기도가 아니라 일종의 연공처럼 보였다.

가온은 혹시 몰라서 마신상의 기단부에 왼 손바닥을 대고 파워 드레인 스킬을 펼쳤다.

'오!'

된다. 농밀한 마기와 사기가 해일처럼 밀려 들어왔다. 흡수해서 음양신공으로 순화하면 엄청난 음양기로 변환할 수 있었지만 그래서는 안 된다.

'될까?'

시도해 볼 것이 있었다.

가온은 신성력 한 줄기를 뽑아내어 영력으로 덧씌웠다. 마기와 신성력은 반발하지만 영력은 모든 에너지의 근원이기에 다른 기운을 포용하는 성질이 있기에 시도한 것이다.

그리고 혼합된 기운을 다시 마기와 섞었다.

예상한 대로 마기와 신성력은 섞이지는 않았지만 영력 덕분인지 서로 반발하지 않았다.

한쪽 입꼬리를 끌어 올린 가온은 파워 드레인 스킬을 취소하고 손을 대고 있는 마신상의 기단부에 영력과 신성력을 혼합한 기운을 주입하기 시작했다. 그리고 그 기운은 마기, 사기와 섞여 다시 방출되었다.

긴장한 상태로 사제들과 마인 전사들의 반응을 살펴보았는데 걱정했던 것과 달리 변화는 없었다.

10여 분이 흐르자 마신상으로 유입되는 사기의 흐름이 급속하게 약해졌다.

설인 구울들이 품고 있었던 사기가 모조리 빨려 나간 것이다.

그때였다.

"뭐야!"

대사제가 벌떡 일어나며 소리쳤다.

그에 놀란 사제들과 마인 전사들이 따라서 일어나면서 대사제의 눈치를 살폈는데, 상하 관계가 엄격한 것인지 감히 이유를 묻지 못했다.

"당장 신전 내부를 조사해! 아니, 저 구울들을 살펴봐!"

"네?"

"더러운 기운이 섞였어!"

"무슨?"

"신성력이 섞여 있다고!"

대사제는 자신의 말을 이해하지 못하는 사제들의 태도에 화가 치민 듯 일그러진 얼굴로 소리를 질렀다.

"신성력이 왜?"

"아니다! 구울 중 신성력이 깃든 아이템을 가진 놈이 있었 겠지. 밖에 적이 있다고 했으니까 다시 자리에 앉아! 아쉽지 만 지금까지 흡수한 기운은 다시 방출한다! 멍청한 놈들! 그 러니까 진을 발동하기 전에 구울의 소지품을 꼼꼼하게 조사 하라고 했건만!"

"알겠습니다!"

"젠장! 이렇게 농후한 사기를 가진 제물도 없는데 너무 아 쉽네!"

알테어가 연성한 설인 구울은 죽은 지 수백 년이 지났다. 거기에 잉겔트의 대사제들이 사기를 섞어서 구울로 제련했 을 테니 몸 안에 쌓인 사기가 엄청났다.

하지만 가온은 놈들이 신성력을 방출할 기회를 주지 않았 다.

'홀리 스페이스!'

B등급으로 업그레이드한 직후라서 마신상을 기준으로 반

경 50미터에 이르는 공간이 순식간에 신성한 기운으로 가득 찼다.

"크아아악!"

전신을 에워싼 신성력은 마치 산성액처럼 마족과 마전사들에게 불에 타는 것처럼 끔찍한 고통을 안겨 주었다. 그건 대사제도 예외는 아니었다.

그때 눈에 보이지 않는 투명한 날 세 개가 결합된 수리표의 형태로 생성되더니 고속으로 회전하기 시작했고 이내 신성력을 가르며 날아갔다.

서걱! 서걱! 서걱!

가온은 염력으로 무형인을 조종해서 사제들의 목을 베는 한편 왼손을 대사제를 향해 쭉 뻗어서 신성력으로 만든 마나탄을 발출했다.

"커억! 재생! 누구냐?"

신성력에 노출되는 바람에 불에 댄 것 같은 고통에 휩싸였던 대사제는, 몸을 파고드는 화살과 같은 투사체를 감지하자마자 즉각 마기의 막을 만들어 상처 부위를 급속하게 재생하며 주위를 돌아보았다.

하지만 이상하게 이질적인 존재는 보이지 않았다.

대사제가 마신에게 직접 받은 권능을 사용하려고 했을 때였다.

찌릿!

재생되고 있던 상처 부위에서 극통이 느껴졌다.

'허억!'

생각해 보니 이미 몸 안에 들어와 있는 삿된 기운을 미처 배출하지 못한 상태에서 급속 재생을 했다.

당연히 마기와 상극인 기운이 훼방을 놓는 것은 물론 상처를 더욱 악화시켰다.

대사제가 순간적으로 당황해서 해결책을 강구하려고 할 때 또다시 투사체가 날아왔다.

팍! 팟! 퍼억! 퍽! 퍽!

두 발까지는 마기 막이 막아 냈지만 다른 세 발은 몸 안으로 파고들었다. 그리고 엄청난 폭발이 일어났다. 대사제의 몸 안에서 말이다.

꽝! 꽝! 꽝!

신성력 안에 음 속성의 화기와 양 속성의 화기가 들어 있는 특별한 마나탄이 폭발한 것이다. 그리고 그 폭발의 범위 안에는 생명체에게 가장 위험한 급소인 심장이 자리하고 있었다.

"쿠울럭!"

대사제는 자신도 모르게 역류하는 피를 뱉었다. 심장이 부서지고 고열이 심장과 연결된 혈관들을 녹여 버린 것이다.

"이, 이런 개 같은!"

대사제는 사제와 마인 전사 들이 모조리 목이 잘려 있는

것으로 확인하고는 눈을 부릅뜨고 욕설을 하다가 힘없이 무
너졌다.

암살자는 끝까지 모습을 드러내지 않았다.

랜스터 마신전

마신 라케움의 대사제들은 정체불명의 세력에 동시다발로 공격을 받아 지부들이 빠르게 무너지는 사태에 놀라서 급하게 남은 지부의 전력을 총 네 곳으로 집결시켰다.

상황이 이렇게 되자 다이트 제국의 5황녀가 가온에게 연락을 해서 라친다 정보 길드에서 받은 내용을 짧게 알려 주었다.

"그럼 남은 곳이 네 곳이네요?"

-맞아요. 사제나 마전사 들도 많아졌지만 무엇보다 언데드가 많아서 조심해야 할 것 같아요. 라친다에서 조사한 바에 따르면 데스나이트까지 있다고 했어요.

데스나이트라면 확실히 긴장을 해야 했다. 생전에 소드마스터였던 사체를 이용해서 제련했기 때문에 약간의 지성도 남아 있고 무엇보다 검술 등 익힌 스킬을 사용할 수 있어서 아주 강력한 언데드였기 때문이다.

-아니테라 용병단은 맡았던 목표를 거의 처리했으니 이젠 두 곳씩 맡으면 될 것 같은데 어디를 맡으시겠어요?

"우리가 총신전을 제외한 세 곳을 맡겠습니다."

-세 곳요? 진심이에요?

당연히 진심이다. 마신의 추종자들을 상대하다 보니 얻는 것이 아주 많았다. 단원들의 전투력 상승에도 도움이 될 뿐만 아니라 놈들이 마나석과 마정석 혹은 금화 등 그동안 축적했던 재화도 엄청났다.

무엇보다 5황녀가 언급한 네 곳 중 세 곳은 라친다 정보 길드에서 마기의 진원지로 추정하고 있어 실제로는 영맥이 지상과 가까운 곳인 것 같으니 욕심을 낼 수밖에 없었다.

"한시라도 빨리 그대들이 의뢰를 완수해서 탄 차원으로 돌아가길 원합니다."

-그렇게만 해 주신다면 우리로서는 더할 나위가 없지만, 전력을 보강하지 않아도 되겠어요?

그렇게 말하는 것을 보니 지금까지 꽤 피해가 누적된 모양이다.

"다행히 연이 닿는 곳이 있어서 끊임없이 충원하고 있습니다."

—하아. 분명히 저희보다 늦게 이 세상에 건너왔음에도 그런 것까지 확보하다니 정말 대단한 분이네요. 차원 의뢰는 온 클랜. 아니 아니테라 용병단과 같은 세력이 해야 하는 것 같아요.

5황녀로서는 당연한 반응이다. 대략 4년 전에 넘어온 자신들도 나름 준비한 것이 많았지만, 이 마툰 차원의 상황이 너무 좋지 않아서 이 정도의 전력을 갖추는 것도 힘들었는데 불과 얼마 전에 차원을 건너온 아니테라 용병단은 엄청난 전력으로 자신들의 몇 배에 달하는 지부를 박살 내 버린 것이다.

그렇게 통신을 마친 가온은 다음 목표인 랭스터산으로 날아갔다.

여섯 개의 봉우리로 이루어진 랭스터산은 세상이 바뀌기 전까지만 해도 '타리움'이라는 엘프 일족의 유구한 터전이었다.

타리움 엘프족이 오랫동안 거주해 온 땅이니만큼 자연지기와 정령력이 충만한 곳이었을 텐데, 지금은 짙은 마기가 가득한 곳으로 변해 있었다. 그리고 봉우리 사이에 자리한 분지에는 이른바 랭스터 마신전으로 부르는 큰 규모의 신전이 있었다.

높은 상공에서 음침하고 불안정한 마기에 휩싸인 랭스터 산을 내려보고 있는 가온은 이곳에 영맥이 흐르고 있다는 사실을 확신했다.

　'역시 지역 본부 중 가장 큰 지부가 있을 법하네.'

　이제까지 처리했던 그 어떤 지부보다 농후한 마기가 느껴졌다.

　가온은 카오스를 소환해서 정찰을 부탁했다. 다른 정령들은 농후한 마기 때문에 제 역량을 다 발휘할 수 없었지만, 카오스는 그동안 지부를 박살 내는 과정에서 마기까지 다룰 수 있게 되었다.

　얼마 후 카오스가 의념을 보냈다.

　─사도와 대사제로 추정되는 마족이 다섯에 사제는 500이 넘고 마전사는 3천 정도야.

　'언데드는?'

　─엘프족 사체로 만든 구울 4천에 오크로 만든 좀비가 7천 정도야.

　이곳에서 오랫동안 살아왔던 엘프족은 죽어서도 능욕을 당하고 있었다.

　'데스나이트는 없고?'

　─잠깐! 아, 있어. 데스나이트 5기에 엘프족 전사가 베이스인 스켈레톤이 대략 3천 정도인데, 일반적인 수준이 아니야.

생각보다 더 강력한 전력이 기다리고 있었다. 그만큼 이곳이 마신 라케움의 추종자들이 중요시하는 장소였다.

'다른 세 곳도 이곳과 비슷한 전력을 갖추고 있다면 다이트 측은 좀 어렵겠네.'

뭐 그들의 사정까지 걱정할 필요는 없었다. 그쪽이 한 곳을 처리하는 동안 자신은 세 곳을 처리해야 하니 말이다.

'전력은 어떻게 배치가 되어 있어?'

—마신상이 있는 본전은 산기슭을 파서 만들어졌는데 대사제 둘과 사제 200, 마전사 1천이 안에 있어. 그리고 본전의 양쪽에 최근 확장한 대형 건물 세 동씩이 있는데 각각 대사제 한 명에 사제 100, 마전사 1천이 배치되어 있어. 마지막으로 신전의 정문에 해당하는 정면에는 대사제 한 명과 사제 100명에 신전 전체를 폭 10미터에 깊이가 4미터에 달하는 해자가 감싸고 있어. 해자의 바깥에는 데스나이트와 스켈레톤이, 안쪽에는 엘프 구울과 오크 좀비가 배치되어 있고.

'해자?'

성도 아닌데 무슨 해자란 말인가?

—해자와 동일해. 대신 물이 아니라 물고기 정도는 몇 분 안에 완전히 녹여 버릴 정도로 강한 산성 액체로 채워져 있어.

'무시무시하군.'

대체 어디에서 그렇게 많은 강산(强酸) 액체를 구했는지 순수하게 궁금했다.

'그럼 놈들은 어디로 출입하는 거야?'

―도개교가 있어.

성벽만 없다 뿐이지 난공불락의 요새로 만든 것이다.

'잔뜩 긴장했군.'

뭐 이해하지 못할 바는 아니다. 평균적으로 50킬로미터 거리를 두고 세운 77개의 지부 중 무려 50개가 넘게 20일 정도만에 말살되었으니 말이다.

지부들이 멀리 떨어져 있다는 점을 고려하면 오히려 마신 라케움의 추종자들이 빠르게 움직인 것이다.

일단 적의 전력 배치까지 알아낸 가온은 작전 수립을 위해서 일단 아니테라로 넘어갔다.

뿌우우우! 뿌우우우우!

"온다!"

해자 너머의 들판에서 일고 있는 흙먼지구름이 빠르게 가까워지자 해자 바로 옆에 있는 전망탑 위에 올라가 있던 사제들이 나팔을 불었다.

쉬거나 사령술을 수련하고 있던 사제들은 재빨리 주문을 외웠고 반원 형태의 해자 바깥에 있는 언데드들이 인위적으로 만든 그늘 안에서 기어 나왔다.

"어?"

"구울이야!"

먼지구름을 일으키며 달려오는 상대는 놀랍게도 오크 구울이었는데, 수가 얼마나 많은지 삼면을 가득 채우고 있었다.

"흐흐흐. 숫자가 아무리 많아도 데스나이트에게 구울은 상대가 될 수 없지."

곧 사도가 될 예정인 대사제 하르마탄은 다른 사제들과 함께 해자 밖에서 대기하고 있는 데스나이트를 시작으로 스켈레톤 기사들에게 명령을 내렸다.

지성을 가진 데스나이트들은 이미 지시받은 대로 스켈레톤 군단을 배치한 상태였다.

전면 2열은 방패와 뼈 창을 들고 있는 창병, 그다음 3열은 방패와 무기를 든 검병, 마지막 1열은 궁병이 포진했고, 그 앞에는 데스나이트 5기와 제대로 된 아머를 착용한 스켈레톤 기사 100이 일정한 거리를 두고 서서 상대가 가까워지기를 기다렸다.

비록 오크 구울이 일반 구울보다 훨씬 강력한 언데드이기는 하지만 생전에 소드마스터였던 데스나이트 5기에, 익스퍼트 실력이었던 스켈레톤 기사들이 이끄는 스켈레톤 군단에 비하면 별것도 아니기에 사제들은 긴장하지 않았다.

그때였다. 갑자기 오크 구울의 뒤편, 즉 먼지구름 속에서 엄청난 숫자의 화살이 포진한 스켈레톤 군단을 향해 날아왔다.

하르마탄은 정체불명의 적이 오크 언데드를 부린다는 말은 전혀 듣지 못했지만 피식 웃었다.

화살이 비록 강력한 공격 수단이기는 하지만 이쪽은 스켈레톤 군단이다.

뼈 정도는 부서져도 마기가 공급되는 한 금방 다시 붙어 버린다.

그런데 화살의 형태가 좀 이상하다. 촉이 날카롭지 않고 둥근 구체였다.

'뭐지?'

기묘한 화살들이 언데드를 맞히거나 바닥에 꽂히는 순간 일제히 폭발했다.

꽝! 꽝! 꽝! 꽝!

쉴 새 없이 이어지는 폭발음에 자신도 모르게 눈을 질끈 감고 손으로 귀를 감싼 사제들이 눈을 떴다.

그런 사제들의 눈에 들어온 것은 거대한 강철 인간들이었다. 언제 오크 구울을 추월했는지 강철 인간들이 전면에 나타났다.

체고가 대략 10미터에 이르는 거대한 강철 인간들은 무려 100에 달했는데, 그중 다섯은 데스나이트들을 노리듯 직선으로 달려오고 있었고, 나머지는 거대한 활의 시위에 기이한 화살을 걸고 있었다.

"뭐, 뭐야?"

저런 강철 인간은 처음 보지만 달려오는 놈들의 손에 쥐고 있는 거대한 검에는 오러 블레이드가 생성된 상태라서 실력을 능히 짐작할 수 있었다.

"안으로 불러들여야 해!"

데스나이트도 생전에 소드마스터이기는 했지만 일단 몸집부터 차이가 났고 특히 오러 블레이드의 크기도 확연하게 작았다. 부딪히면 깨질 것이 확실했다.

하지만 도개교를 내릴 시간적인 여유가 없었다. 이미 양측이 맞붙기 직전이었기 때문이다.

거기에 더 충격적인 모습도 보였다. 3천이나 되는 스켈레톤 군단의 대부분이 큰 손상을 입었다.

폭발하는 화살로 인해서 스켈레톤의 3분의 1 정도는 아예 잘게 부서진 뼛조각이 되어 버렸고, 나머지도 골격 일부가 부서지거나 떨어져 나가는 피해를 입은 것이다.

그런 스켈레톤들을 오크 구울이 덮쳤다.

"아아!"

사제들은 더 이상 지켜보지 않아도 상황이 어떻게 전개될지 알 수 있었다.

힘이 무지막지한 오크 구울들은 쇠몽둥이를 들고 있었는데, 스켈레톤의 방패와 무기를 힘으로 부수고 두개골을 박살내거나 다시 재생되지 않도록 뼈를 가루로 만들고 있었다.

기대를 버릴 수 없었던 데스나이트 5기는 동일한 숫자의 강철 거인들과 일대일로 맞붙었는데, 아예 상대도 되지 않았다. 마기로 만든 오러 블레이드는 너무 쉽게 잘렸고 마기로 이루어진 몸도 순식간에 난도질을 당한 것이다.

'그, 그래도 힘들게 구한 염산으로 채운 해자가 있어서 다행이야!'

해자의 폭은 무려 10미터에 달했고 그동안 장악한 마탑과 연금술사 길드 그리고 가죽 공방 등을 털어서 구한 염산을 채웠기에 적은 감히 넘어올 생각을 할 수 없을 것이다.

"아!"

너무 놀라서 당연히 해야 할 일을 까먹었다.

하르마탄은 정신을 집중해서 사도인 마르스에게 현 상황에 대한 내용의 의념을 보냈다.

—일단 지원은 없다. 어떻게 해서든 막아!

'네, 마르스 님!'

사도의 통고에 살짝 원망스러운 마음이 들었지만 이해는 했다.

적의 공격이 이게 전부는 아닐 것이 분명했기 때문이다.

'젠장! 이계인 측이었으면 상대하기 쉬웠을 것을!'

적이 두 무리라는 사실은 이미 알고 있었다. 한 무리는 예전부터 자신들의 정보를 수집해 왔던 이계인들이었고, 다른 한 무리는 전혀 알려지지 않은 세력이다.

이계인들이 주축인 세력은 크게 걱정할 필요가 없었다.

그쪽이 기습한 지부들은 규모도 작고 배치된 사제나 전사들의 서열도 낮은 편이라서 막아 내기 힘들었을 것이다. 심지어 언데드도 별로 배치되어 있지 않았다.

반면에 정체가 알려지지 않은 세력은 그야말로 질풍과 같은 속도로 지부들을 무너뜨렸는데, 놈들이 지나간 자리에는 아무것도 남지 않았다.

사도와 대사제 들은 이 정체불명의 세력이 구체적으로 어떤 수단을 동원했는지 모르겠지만, 초대형 텔레포트 마법진을 이용해서 이동한다는 사실과 예상을 훨씬 뛰어넘는 전력을 보유하고 있다고 확신하고 힘을 결집해서 상대하기로 결정했다.

그래서 남은 지부들의 전력을 거점 신전 네 곳으로 결집했다.

비록 사분(四分)한 전력이지만 인간 소드마스터 정도는 가볍게 상대할 수 있는 사도와 대사제가 한곳에 네다섯 명씩 모였고, 데스나이트들은 물론이고 1만이 넘는 언데드가 배치되었기 때문에 놈들을 압도할 수는 없지만 수성은 자신했다.

'그런데 이렇게 강하다니!'

폭발하는 화살도 두려웠지만 무엇보다 5미터가 넘는 오러 블레이드를 가볍고 빠르게 휘둘러 데스나이트들을 완전히 소멸시켜 버린 체고가 10미터가 넘는 강철 인간들은 상대할 의지조차 품지 못하도록 만들었다.

가온은 공간 이동술을 이용해서 본전의 왼쪽에 있는 건물
군의 뒤편, 즉 해자와 가까운 곳에 도착해서 아니테라에서
대기하고 있던 전단원들을 소환했다.

단원들은 이미 타이탄에 탑승한 상태였고 소환된 직후에
마나를 증폭해서 신전의 정문 쪽에 관심을 기울이고 있던 사
제와 마전사 들을 향해 달렸다.

"적이다!"

"이미 내부로 들어왔어!"

"헉! 강철 인간들이다!"

언제든 정문 쪽으로 지원하러 갈 준비를 하고 있는 사제와
마전사 들이 상황을 알아차렸을 때는 타이탄들이 그들을 향
해 쇄도하기 시작했고, 마법사와 정령사들이 준비했던 마법
을 발현했다.

시작은 물의 상급 정령이었다. 엔다이론은 순식간에 사제
와 마전사 들의 머리 위에 비를 뿌렸다.

"체인 라이트닝!"

"기가 라이트닝!"

시퍼런 뇌전이 물을 매개로 사제와 마전사 들의 몸을 이동

하면서 감전을 시켰다.

하지만 그게 끝이 아니었다.

"파이어 스톰!"

"셀라임이여, 화염의 불길을 넓게 펼쳐라!"

"블리자드!"

"실라이온이여, 빙한의 폭풍을 불어라!"

지원 준비를 갖춘 상황이라서 사제와 마전사 들은 한곳에 몰려 있었기 때문에 마법의 위력이 극대화되었다.

전격에 감전된 상황에서 마법과 정령이 만든 화염에 휩쓸 렸고, 그 화염은 몸이 얼어 버릴 것처럼 차가운 바람을 타고 더욱 빠르게 퍼졌다.

경황 중에도 마기의 막을 둘러 몸을 보호한 사제나 전사 들은 많았지만 공격은 그게 끝이 아니었다.

거대한 체구의 강철 인간들이 쇄도했기 때문이다.

"끄아악!"

"아, 안 돼!"

거대한 대검에 생성된 검기와 검사 그리고 오러 블레이드 의 해일이, 암흑 마법을 펼치려는 사제들과 무기를 쥐고 대 응하려던 마전사들을 쓸어버렸다.

본전의 오른쪽도 얼마 후에는 비슷한 상황이 되었다.

신경이 온통 해자 밖에 쏠려 있는 상황에서 자신들의 뒤쪽 에서 적이 나타났고 곧바로 강력한 마법 공격을 퍼부을 줄은 몰랐다.

그 바람에 정문 쪽의 사제들은 해자 건너편을 주시해야 했지만 신전 안쪽으로 시선을 돌렸다. 양쪽 모두 상황이 심각해 보여서 어찌할 바를 몰랐기 때문이다.

그때였다.

쿵! 쿵!

뭔가 떨어지는 소음이 들렸다. 주위를 둘러보니 엘프 구울과 오크 좀비 사이로 오크 구울들이 날아와 떨어지고 있었는데, 강철 인간들이 던진 것이다.

당연히 엘프 구울과 오크 좀비 들이 자신들 사이에 떨어진 오크 구울을 향해 몰려들었다.

하르마탄은 상황이 이런데도 상대가 오크 구울들을 한군데로 몰아서 던지지 않고 적당한 거리를 두고 던지는 상대를 이해할 수 없었다.

그런 그의 시선에 강철 인간이 구울의 발목을 잡아서 염산으로 가득한 해자 속에 담갔다가 뺀 후 던지는 모습이 들어왔다.

'뭔가 있⋯⋯. 헉!'

꽈앙! 꽝!

상대의 의도를 파악한 그 순간 귀청이 나갈 것처럼 강력한 폭발음이 연이어 터져 나왔다.

'사체 폭발이라니!'

단순한 사체 폭발도 아니었다. 염산에 푹 담가졌던 구울이었기에 산산이 부서져 사방으로 비산하는 뼛조각에도 염산이 묻어 있었다.

치지지직!

엄청난 속도로 날아간 뼛조각은 엘프 구울과 좀비의 몸에 구멍을 냈을 뿐 아니라 염산을 통한 추가 피해를 입혔다.

그렇게 사방에서 폭발하는 구울들에 의해서 장내가 난리가 났을 때 누군가 외쳤다.

"적이 넘어왔어!"

거대한 강철 인간들이 가볍게 폭이 10미터인 해자를 뛰어넘은 것이다. 아니, 가장 작은 강철 인간도 도움닫기를 통해서 해자를 뛰어넘었다.

그렇게 해자를 넘어온 강철 인간들은 검기와 검사 그리고 오러 블레이드를 휘둘러 사제나 마전사 들은 물론 엘프 구울과 오크 좀비 들을 사정없이 베어 버렸다.

폭발하는 화살부터 시작해서 적들의 공격이 너무 빠르게 연계되는 바람에 하르마탄처럼 곧 사도가 될 대사제도 제대로 대응할 수 없었으니 결과는 자명했다.

게다가 강철 인간들은 항마력까지 갖추고 있어서 어지간한 암흑 마법은 무시했고, 엘프 구울과 좀비의 송곳니와 시독이 묻어 있는 손톱에도 아무런 피해를 받지 않았다.

그렇게 마신 라케움의 추종자들은 나름 완벽하게 적의 공

격에 대비를 했지만 순식간에 본전을 제외한 삼면의 방어벽
이 녹아 버리고 있었다.

한편 가온은 온몸에 마기를 두른 상태에서 투명 날개를 사
용해서 은밀하게 마신상이 있는 본전 안에 잠입했다.

'역시 공간 확장이 되어 있네.'

내부 공간은 다른 신전보다 훨씬 더 넓었고 높이도 10미터
가 넘어서 비행이 가능했다.

가장 먼저 눈에 들어온 1천여 명의 마전사들은 입구를 보
며 도열한 상태로 입구를 틀어막고 있었고, 그 너머로 사제
들의 모습이 보였다.

200여 명의 마족 사제는 일정한 간격을 두고 명상을 하는
자세로 앉아 있었는데, 위에서 내려다보니 일정한 진을 이루
고 있었다.

마신상을 중심으로 삼각형을 이루고 있는 사도와 두 대사
제 그리고 나머지 사제들이 삼각형과 오각형이 수없이 겹쳐
진 복잡한 마법진을 만들고 있었다.

심안으로 바닥을 살펴보니 역시 사제들 사이에는 미세한
선이 이어져 있었는데 그 선은 본전의 입구 바로 앞까지 이
어져 있었다. 누군가 그 안에 들어오면 발동하는 것이다.

'이건 무슨 마법진일까?'

눈에 익긴 한데 마법진에 대한 지식이 부족한 터라 알 수

가 없었다. 아무튼 확실한 건 일단 마법진 안에 들어서면 굉장히 위험해질 거라는 사실이다.

그렇다고 놈들이 나올 때까지 기다릴 수도 없었다.

그렇게 심안을 발동한 상태에서 천장에 거의 붙어서 날아다니면서 마법진을 면밀하게 살피던 가온은 마법진을 이루는 선에서 영력을 감지했다.

'영석 가루를 사용한 건가?'

보통 마법진을 이루는 선은 마정석에서 마기를 제거한 후 분쇄한 가루로 그린다.

물론 에너지 전도율이 높은 금가루도 같이 사용한다.

그런데 이 마법진의 경우 바닥에 음각으로 선을 새겼는데 그 안을 마정석 가루와 함께 영석 가루로 채운 것이다.

'혹시?'

심안을 더 강하게 발동하자 대리석 판 아래의 바닥이 보였다. 그리고 그 아래 깊은 곳을 지나는 영맥을 확인할 수 있었다.

당연히 흡발석 역할을 하는 검은 구체도 있었는데 하나가 아니라 무려 다섯 개나 되었다.

하지만 일전에 잉겔트에서 본 것처럼 마정석은 보이지 않았다.

대신 흡발석을 통해서 마기로 바뀐 영력이 사제들의 몸을 통해 최종적으로 마신상을 향하고 있었다.

마법진은 현재 발동된 상태였다. 사제들이 가만히 앉아서 명상을 하는 것 같았지만, 실제로는 서브 코어 역할을 수행하고 있었다.

'그런데 굳이 적이 침입한 상태에서도 이 마법진을 가동해야 하는 건가?'

어쩐지 말이 되지 않는다.

그때 높이가 10미터에 이르는 거대한 마신상이 서서히 빛을 방출하기 시작했다.

뭔가 벌어지고 있었다.

가온은 본능적으로 이 변화가 끝나면 자신이나 아니테라의 전사들에게 안 좋은 일이 벌어질 거라고 확신했다.

'벼리야!'

오랜만에 벼리를 불렀다.

-왜요, 오빠?

'지금 내가 보고 있는 마법진을 한번 살펴봐.'

-어? 이건 신전 던전에서 봤던 그 마법진이네요. 크기가 크고 그만큼 인원수가 추가되어서 그렇지, 마계의 존재를 소환하는 마법진이에요.

어이가 없을 정도로 빠르게 대답이 나왔다.

'마신의 분혼을 소환하는 건 확실히 아니고?'

-네, 오빠. 마신상이 메인 코어인 초대형 소환진이 확실해요. 그것도 아주 강력한 존재를 소환하려는 것 같아요.

예차롱으로
히든랭커

가온이 들어오기 전까지는 뭘 했는지 모르겠지만 라케움의 사제들은 바깥 상황이 여의치 않음을 알고는 마계의 존재를 소환하려는 것이다.

'그것과는 많이 다른 것 같은데. 제물도 없잖아.'

—사제들이 제물이에요. 마기와 자신의 생명력을 마신상으로 보내고 있는 중이긴 한데, 방출하는 양으로 봐서는 의식이 끝나도 죽을 것 같지는 않아요.

이제 더 이상 마족에 대한 트라우마는 없었지만 그렇다고 소환이 될 때까지 기다렸다가 확인을 하고 처리할 생각은 추호도 없었다. 호기심이 많은 새가 먼저 죽는 법이다.

'내가 지금 마신상에 신성력을 주입하면 어떻게 되는 거지?'

—당연히 서로 상극인 마기와 부딪혀서 소환진이 망가질 거예요.

그럼 소환진만 망가지고 사제나 마전사 들은 별 영향이 없다. 소환 의식을 멈춘다는 의미는 있지만 그 정도로 성에 차질 않는다.

'그럼 지금 사제들은 주도적으로 영력을 흡수하고 있는 거야?'

—그건 아닐 거예요. 만일 그렇다면 개인의 역량이나 집중력의 차이로 인해서 마신상으로 전달하는 마기의 흐름이 불규칙해지거든요. 제 생각인데 지금 사제들은 일종의 매개체

라고 할 수 있어요.

'그럼 의도적으로 의식을 멈출 수도 없는 거지?'

─아마도요. 대신 마신상 주위에 삼각형으로 포진한 저 세 마족은 자의적으로 의식을 멈출 수 있어요.

벼리의 말을 들은 가온은 이 상황에서 사용할 수 있는 최상의 방법을 떠올릴 수 있었다.

마르스는 마툰 차원을 건너온 마신 라케움의 사도 중 한 명으로 가온이 예상한 것처럼 바깥 상황으로 모두 전해 들은 상태였다.

'적의 전력은 우리가 예상했던 것보다 훨씬 더 강해!'

바깥에 있는 세 대사제가 죽기 전에 전해 온 의념에 따르면 적의 전력은 너무 막강해서 나름 자신했던 전력이 속수무책으로 무너지고 있었다.

두 대사제는 이미 영혼의 흔적도 찾을 수 없었고 수석 대사제만 중상을 입고 다른 사체 사이에 숨어 있다고 했다.

'소드마스터 중급 이상의 실력을 발휘하는 강철 거인이라니!'

그것도 한두 기가 아니다. 들은 것을 취합하면 오러 블레이드를 능숙하게 사용하는 강철 인간만 해도 무력 50명이 넘는다.

마신의 권능을 일부 이어받은 대사제는 되어야 그런 자들을 상대할 수 있다는 사실을 생각하면 적의 전력이 얼마나 막강한지 알 수 있었다.

'거기에 우리처럼 언데드까지 소환할 수 있다고 했지.'

그 정도의 전력을 가지고 있다면 채 20일도 안 되는 짧은 기간 동안 전체의 6할이 넘는 지부가 맥없이 무너진 것도 충분히 이해가 갔다.

그래서 사도와 대사제 들이 진지하게 논의했다.

원래 포획한 적들의 정혈과 생명력을 강제로 뽑아낸 후 마신상을 이용해서 사제들이 흡수하는 마법진을 펼치려고 했던 계획을 바꿔서, 마신 라케움을 모시는 고위급 마족들을 직접 소환하기로 한 것이다.

고위급 마족은 마왕에 근접한 능력을 가지고 있어서 비록 이곳에 오래 머무를 수는 없지만 적을 말살하는 건 몰라도 최소한 자신들은 무사히 이곳을 벗어날 수 있을 것이다.

그러기 위해서는 당연히 고순도의 마기가 필요해서 지하에 흐르는 영맥의 영력을 마기로 바꾸는 마법진을 이용하기로 했다.

하지만 문제가 하나 있었다.

그 마법진을 활성화하면 사제들은 소환이 완성될 때까지 마치 서브 코어에 박힌 마정석처럼 꼼짝하지 못하고 흡수한 마기를 진의 핵심인 마신상으로 전달하는 역할만 수행해야 한다는 점이다.

그래서 1천이나 되는 마전사들을 입구에 배치했고, 제물을 대신해서 자신들의 생명력을 7할까지 방출하기로 했다.

불안한 마음으로 시작했지만 의식은 성공적이었다.

이제 곧 의식이 끝나면 수는 알 수 없지만 마계 서열 1천 위 이내의 고위급 마족들이 소환될 것이다.

다만 아쉬운 것은 소환된 고위급 마족들이 마툰 차원에 오래 머물 수 없다는 사실이다. 그게 가능했다면 진작 그리했을 것이다.

'그래도 30분 정도는 머무를 수 있으니 최소한 우리는 이곳에서 안전하게 벗어날 수 있을 거야.'

그때 무기가 부딪치는 금속성과 비명이 들리더니 본전 입구에 배치했던 전사들이 뒤로 주춤거리며 물러나고 있었다.

'적이 벌써 본전 외의 전력을 정리했어!'

마르스와 대사제들의 얼굴이 사색이 되었다.

다행히 소환 의식은 거의 끝나 가고 있었다.

마신상은 어느새 휘황한 빛이 휩싸였고 주위의 마법진이 마기로 넘실거렸다.

마르스는 그제야 마음을 놓았다. 이제 마신상의 빛이 사그라들면 고대하던 고위급 마족들이 평소에는 넘지 못했던 차원의 경계를 넘어 이곳에 소환될 것이다.

일단 고위급 마족들이 소환되어 적의 강자들을 상대하기 시작하면 자신들은 비밀 통로를 통해 이곳을 빠져나가면 되는 것이다.

그때였다. 뭔가 이질적이고 심하게 불쾌한 기운이 마기와 함께 몸 안으로 들어왔다가 생명력과 함께 마신상으로 흘러 나가기 시작했다.

'이, 이건!'

너무 놀라서 혼백이 나가는 것 같았다.

이질적인 기운은 바로 마족이라면 삿된 기운이라며 치를 떠는 신성력이었다.

"아, 안 돼애!"

사제들과 달리 그래도 움직일 수 있었던 마르스가 비명처럼 소리를 질렀지만 신성력은 원래 그랬던 것처럼 마기와 반발하는 그 상태로 사제들의 몸을 통로 삼아 마신상으로 전해지고 있었다.

'큰일이다!'

신성력은 마기와 상극이라고 할 수 있는 삿된 기운이다. 행여 소환에 영향이라도 주게 되면 이제 막 차원을 건너올 고위급 마족들이 위험했다.

원래 고위급 마족들은 강대한 힘을 가지고 있어서 차원의 경계를 넘을 수 없다. 그래서 마신 라케움도 모든 조건을 채우고도 겨우 분혼 정도만이 빙의를 통해 현신할 수 있을 뿐이다.

그래도 마신이 아닌 고위급 마족들은 엄청난 마기와 생명력이 있다면 잠시 차원을 오갈 수 있다. 그 수단이 바로 소환진이었다.

그런 소환진에도 위험은 감수해야만 한다.

소환되는 과정에서 오류가 생기면 심각한 내상으로 즉사하거나 살아도 차원의 미아가 되어 결국 호흡을 하지 못해서 죽을 수밖에 없었다. 그리고 그 시체는 영원히 텅 빈 우주 공간을 이리저리 떠다니게 될 것이다.

그런 사고를 막으려면 어디가 발원지인지 알 수 없지만 삿된 신성력의 흐름을 끊어야 하는데, 의식이 막바지이기도 하고 지금 몸을 움직이거나 마기의 흐름을 바꾸려고 하면 의식이 엉망이 될 뿐만 아니라 자신도 죽을 수 있었다.

현재 마르스가 할 수 있는 유일한 일은 마신 라케움에게 의식이 무사히 끝날 수 있도록 도와 달라고 간절하게 기도하는 것이었다.

하지만 그와 다른 사제들의 몸을 거쳐 마신상으로 흘러가는 신성력의 양은 폭발적으로 늘어났고 그 흐름까지 빨라졌다.

마신상의 빛이 흐릿해지면서 소환진 안에 희미한 인영 다섯 개가 나타났다.

'됐어! 성공이야!'

간발의 차로 소환이 성공한 것이다.

마르스는 안도의 한숨을 내쉬었지만 마신은 자신의 사도

가 올리는 간절한 기도를 외면했다.

파팟!

쩌저적!

돌연 마신상을 감싸고 있었던 빛이 폭발하면서 마신상이 갈라지는 소리가 들렸다. 그리고 들려서는 안 될 비명이 소환진 안쪽에서 들려왔다.

"크아아악!"

"안 돼!"

이제 막 소환된 고위급 마족들의 몸이 녹아내리고 있었다. 고농도의 신성력이 상극인 마기를 잡아먹은 것이다.

그래도 희망은 있었다. 대사제인 자신과는 차원이 다른 능력, 즉 권능을 가지고 있는 고위급 마족이라면 어떻게 해서든 이 위기를 타개할 수 있을 것이다.

'실패군!'

보유한 신성력의 절반을 투입했지만 소환되는 마계의 존재를 소멸시키는 데는 실패했다.

제대로 된 형상이 아니라서 인간인지 마물인지 알 수도 없었지만 아무튼 살아 있었다.

신성력이 마치 염산처럼 작용해서 이제 막 소환된 존재들의 육체를 녹이고 있지만 단번에 소멸시키지 못했다면 어떤 일이 벌어질지 알 수 없었다.

가온은 짧은 순간 고민을 하다가 이를 악물더니 공간 이동
술로 고통에 몸부림을 치는 마계의 존재 곁으로 이동했다.
그리고 빠르게 이동하면서 손바닥으로 놈들의 머리를 가볍
게 쳤다.

보기엔 무척 가볍고 빠른 타격이었지만 그건 침투경 스킬
이었다. 그리고 손바닥에서 방출된 파동 에너지는 신성력이
었다.

꽈직! 꽈직! 꽈직! 꽈직! 꽈직!

뼈가 으스러지는 소름 끼치는 소리와 함께 고통에 몸부림
을 치면서 비명을 지르던 놈들의 목에서 마기와 함께 피가
분수처럼 분출되었다.

하지만 생각지도 못했던 일이 일어났다. 으스러졌던 머리
통이 빠르게 재생되기 시작한 것이다.

물론 아직도 제 형상을 갖추지 못한 몸처럼 머리 또한 마
찬가지여서 무척 그로테스크했다.

가온은 진짜 깜짝 놀랐다.

마계에서 소환된 존재가 이 정도로 강력한 재생력을 가지
고 있을 줄은 몰랐기 때문이다.

가온도 불사신 특성을 가지고 있어서 트롤 이상의 재생력
을 가지고 있지만, 머리가 곤죽이 된 상황에서도 재생이 될
수 있을지는 장담할 수 없었다.

이런 존재들을 상대로 더 이상 신성력을 사용하는 건 낭비

였다.

"마나 탐식!"

쭈우우욱!

스킬을 발동한 순간 엄청난 양의 마기와 사기 그리고 영력이 해일처럼 밀려들었다.

'이건 위험해!'

현재 자신의 육체로는 받아들일 수 없는 양이다. 아이테르 차원의 던전에서 기연을 얻어서 영력을 포함한 에너지를 한계까지 채운 상태였다.

'배출해야 하나?'

아깝다는 생각이 든 가온은 순간적으로 성규를 떠올렸다. 성규는 성력을 축적하는 저장 장소였다.

'마기에 맞는 저장 장소는?'

생각할 것도 없이 심장이다. 마수나 몬스터는 물론이고 마족 또한 심장에 마정석을 가지고 있으니 말이다.

'위험할까?'

당연히 위험하다. 마기는 성정을 거칠고 폭급하게 만들고 감정을 증폭하기 때문이다.

'하지만 신성력으로 감싼다면 어떨까?'

마기와 상극인 신성력을 잘 활용한다면 괜찮을 것 같았다. 게다가 마기는 음양기에 속하는 에너지로 마나오션만 확장하면 언제든 음양기로 전환시킬 수 있었다.

가온은 마기 중 일부를 심장으로 이동시켜서 강한 압력으로 마핵(魔核)을 만들었다. 마정석의 씨앗이다.

마핵은 별문제 없이 심장에 자리를 잡았고 가온은 몸으로 들어오는 세 에너지 중 마기를 마핵으로 이끌었다.

'괜찮아!'

생각해 보니 심장 주위에는 십자 형태로 회전하는 마력링도 있었다. 마기가 폭주해도 마력으로 통제가 가능할 것 같았다.

한번 이동로를 만들어 놓자 마기는 빠르게 마핵을 중심으로 쌓이기 시작했다.

'이번엔 영력이야.'

마족의 경우 뇌의 한 부분에 영력을 쌓지만 가온의 경우 영력은 딱히 한곳에 저장하지 않는다. 온몸의 세포 단위에 분산되어 쌓여 있는 것이다. 그래서 영력을 마음먹은 대로 운용하는 건 오히려 쉬웠다.

마지막으로 남은 건 사기였는데, 그건 음양기로 바로 전환시킬 수 있었고 양도 그리 많지 않았다.

그렇게 흡수되는 기운을 분산해서 처리하자 마족인지 마물인지 모를 마계의 존재들이 가지고 있던 마기, 사기, 영력 그리고 정혈까지 남김없이 뽑아낼 수 있었다.

푸쉬쉬.

정혈까지 모조리 흡수당한 마계의 존재들은 여전히 몸을

휘감고 있는 신성력에 연기처럼 사라져 버렸다.

그렇게 소환된 마계의 존재들을 말끔하게 소멸시킨 가온은 마나탄, 아니 신성력탄을 연속해서 쏘아서 탈력감에 제대로 움직이지 못하는 사도와 대사제를 포함한 사제들의 뇌와 심장을 아예 녹여 버렸다.

그러는 동안 물밀듯이 본전 안까지 진입한 아니테라의 전사들은 무자비하게 마전사들을 죽였다.

아예 상대도 되지 않았다.

마인이 되면서 마기를 사용할 수 있게 되었지만 익스퍼트 초급이나 중급 그리고 그 이하의 실력으로는 타이탄을 타고 있는 아니테라 전사들을 상대할 수 없었다.

그렇게 마신 라케움의 추종자들이 말끔하게 정리가 되자 기대하던 안내음이 전해졌는데 내용이 좀 이상했다.

–마툰 차원에 소환된 마신 라케움의 고위급 가신 다섯 마족과 추종자들을 소멸시켰습니다. 보상으로 13 레벨 업, 칭호, 아이템, 스킬, 특성, 그리고 3,840만 명예 포인트를 획득합니다.

–마신 라케움의 고위급 가신 다섯 마족과 추종자들을 소멸시킨 보상으로 마툰 차원의 신들이 총 3천만의 신성력을 지급합니다.

'그럼 놈들이 소환한 존재가 단순한 마계의 마물이 아니라 고위급 마족이었던 거야?'

그게 아니라면 이렇게 후한 보상이 나올 수 없었다. 마신의 분혼을 소멸한 보상이 1,500만 포인트였다는 점을 생각하면 소환된 마족들이 얼마나 서열이 높은 존재들인지 알 수 있었다.

거기에 마툰 차원의 신들도 지난번보다 무려 세 배나 많은 신성력을 줄 정도이니 그야말로 대물을 낚은 것이다.

'그나저나 마족들을 상대할 수 있는 강력한 공격용 스킬이 나왔으면 좋겠는데.'

침투경 스킬도 나쁘지 않았지만 접촉을 해야 한다는 문제가 있었고, 마나탄 아니, 신성력탄은 충분한 위력을 가지고 있었지만, 고위급 마족은 물론 대사제도 제대로 몸을 움직일 수 있는 상황이었으면 막거나 피할 수 있었을 것이다.

그래서 먼저 스킬부터 확인한 가온의 얼굴에 짙은 미소가 떠올랐다.

홀리 이그니스 스피어

등급 : SS
상세
–신성력이 담긴 뇌전창이 설정한 목표물을 놓치지 않는다.
–레벨이 상승할 때마다 사용할 수 있는 창의 개수가 두 배로 늘어난다.
–한 번 사용할 때마다 신성력 100만과 뇌전력 10만이 필요하다.
–목표물이 마기를 가지고 있을 경우 마기를 태워 버린다.
제한
–뇌전과 관련된 스킬을 익혀야만 사용할 수 있다.

예지몽으로
히든랭커

비록 제한이 있지만 이미 뇌전신공을 익힌 가온에게는 아무 문제가 아니었다.

'그래! 이런 걸 바랐다고!'

간절하게 원하던 스킬이 나왔다. 비록 신성력의 소모량이 많지만 지금 보유한 신성력으로는 아무것도 아니었다.

만약 5레벨이 되면 한 번에 투척할 수 있는 성뇌창(聖雷槍)이 무려 16개나 된다. 다수의 마족을 상대할 경우 최고의 무기인 셈이다.

칭호의 경우 '마인의 천적'이었는데 기존에 가지고 있었던 '마족 척살자' 칭호를 흡수해서 그런지 무려 전설 등급이었다.

'마기를 사용하는 존재를 상대할 경우 모든 능력의 2할이 상승한다니 꽤 도움이 되겠어!'

가온과 같은 초강자에게 2할 상승이라면 엄청난 수치였다.

특성은 바로 이해하기가 난해했다.

'신마지체(神魔之體)는 뭐지?'

마기를 심장에 축적했기 때문에 얻은 특성 같은데 설명은 간단했다.

신마기에 대한 친화력이 높으며 신마기를 축적하는 속도와 효율이 3배로 상승한다는 것이었다.

벼리나 파넬 그리고 알테어에게 신마기에 대해서 물어봤

지만 세 사람도 처음 듣는 단어라고 했다.

그래서 신마지체나 신마기에 대해서는 나중에 따로 알아보기로 하고 마지막으로 아이템을 확인했다.

'미니스테르 로브?'

뜬금없이 나온 검은 로브는 마법사의 그것이 아니라 지구의 사제들이 입는 옷과 비슷했는데, 후드가 달린 것이 다를 뿐이다.

그런데 이 미니스테르 로브는 놀랍게도 마기에 대한 방어력이 5할이나 되었다. 즉, 마기나 마기가 담긴 마법 공격에 담긴 충격을 절반이나 줄여 주는 것이다.

'오! 게다가 성장형이야. 제대로 된 방어구가 나왔네.'

지금 착용한 티탄의 아머가 있기 때문에 물리적인 충격의 9할을 흘려 버리는데, 더해서 미니스테르 로브까지 착용하면 마족이나 마인을 상대로는 방어력을 걱정할 필요가 없었다.

가온은 그 자리에서 바로 미니스테르 로브를 착용했다.

'마툰 차원의 신이나 시스템이 날 제대로 밀어주는군.'

마신의 신전과 추종자들을 모조리 말살해야 하는 자신에게 꼭 필요한 것들로만 보상이 나왔다.

그러니 자신을 주시하고 있을 이 세계의 신들이나 시스템을 위해서도 눈에 띄는 성과를 보여 줄 필요가 있었다. 그래야 더 큰 보상을 줄 테니 말이다.

보상을 확인한 가온은 이미 마전사들을 해치우고 자신처럼 보상을 확인하는 사람들에게 나가서 대기하라고 지시했다.

완전히 부서진 마신상에서 거대한 크기의 마정석을 챙긴 가온은 신전 바닥 아래쪽 깊숙한 곳에 매립되어 있는 흡발석들을 모조리 뽑아냈다. 그러자 마기는 순식간에 사라지고 농후한 영력이 방출되기 시작했다.

마지막으로 세 종류의 마충을 소환해서 사체와 부서진 마신상 그리고 신전 건물을 모조리 갉아 먹게 하는 것으로 마무리를 했다.

'이제 두 곳이 남았군.'

다른 곳도 이곳과 비슷한 상황이라면 전혀 어려울 것이 없었다.

마신 라케움의 총신전 공략

대륙 중북부 일원에 이상한 소문이 퍼지기 시작했다.

—모종의 세력이 마신 라케움의 신전과 추종자들을 말살하고 있다!
—그들이 지나간 곳에는 마기가 사라지고 대지와 생물이 생명력을 되찾고 있다!
—그 세력에는 이계인들은 물론 엄청난 신성력을 가진 사제들도 동행하고 있다!

처음에는 다들 낭설이라고 생각했다. 에너지 이변 직후에 이 세계에 출현한 마신의 추종자 중 가장 먼저 건설된 신전이 바로 마신 라케움의 것이었기 때문이다.

그만큼 교세가 크고 추종자들의 수가 수만, 수십만에 달했다.

비록 국가 단위의 단체는 사라졌지만 그 자리를 대신하는 작은 단체들은 여전히 남아 있었다.

예전부터 강력한 전력을 보유하고 있었던 영주나 도시의 시장 그리고 다양한 길드가 관심을 가지고 소문의 진위를 확인하려는 시도를 했다.

그 결과 소문이 맞았다. 수많은 마신 라케움의 신전 지부들이 완전히 폐허가 되거나 철수를 했는지 텅 비어 있었다.

특히 고무적인 사실이 있었다. 신전 지부가 있었던 지역의 마기 농도가 확연하게 감소했다는 것이다.

땅에 자라는 식물들은 더 이상 기형이 아니었고 눈에 띄는 생물들도 마화된 흔적이 보이지 않았다. 그 지역에 한해서 에너지 이변이 사라진 것이다.

당연히 그런 지역에서는 전사나 마법사들이 제 실력을 발휘할 수 있었고 마수와 몬스터 들도 예전처럼 쉽게 해치울 수 있었다.

이런 소식이 알려지기 시작하자 생명력을 되찾은 새로운 땅을 찾아 이동하는 사람들이 늘어났다.

누구는 그 땅을 차지하기 위해서, 또 누구는 그 땅에서 예전처럼 농사를 짓고 가축을 키우기 위해서 말이다.

당연히 마툰 차원인들이 이제까지 경원시하던 이계인들의 위상이 달라졌다.

그들이 진짜 이 세계를 구하기 위해서 차원을 넘어왔다고 인정한 것이다.

하지만 그 소문에 다른 누구보다 민감하게 반응하는 세력도 있었다. 다른 마신의 추종자들이었다.

그들은 마신 라케움의 신전과 추종자들을 말살하는 정체불명의 세력을 찾기 위해서 온갖 수단을 동원하고 있었다. 언제 그들에게도 위험이 닥칠지 알 수 없었기 때문이다.

덕분에 정보 길드들이 신이 났다. 너도나도 마신 라케움의 신전과 추종자들을 공격하고 있는 세력과 에너지 이변 현상이 정상화된 지역에 대한 정보를 요구했다.

그렇게 이제까지 나름 잔잔했던 마툰 차원에 변화의 바람이 불기 시작했다.

기대했던 다른 두 곳에서는 헛수고만 했다. 이미 한 번 합을 맞춘 마법사와 정령사 그리고 전사 들은 그야말로 파죽지세로 힘을 결집하고 대비한 지역 본부 격의 마신전 지부를 박살 낸 것이다.

심지어 가온이 나설 필요조차 없었다. 시르네아를 비롯한 전단 수뇌부는 사도와 대사제를 감당할 실력을 가지고 있었기 때문이다.

가온은 그저 비행을 하면서 혹시 모를 사태만 대비하다가 끝이 난 것이다.

'하긴 상급만 벌써 열한 명이나 되니.'

그것도 본신의 실력일 뿐 타이탄을 타면 최상급 실력을 발휘할 수 있으니 사도나 대사제를 충분히 처리할 수 있었다.

그들은 뛰어난 동료들과의 경쟁. 가온의 도움, 뼈를 깎는 수련 그리고 갓상점을 통해서 그런 대단한 성과를 만들어 낸 것이다.

더구나 숫자가 많고 처리하기가 곤란한 언데드의 경우 알테어가 수장이 된 사령술사단에서 맡아서 처리를 했기에 위험을 피할 수 있었다.

그렇게 다이트 용병단이 맡은 총신전만 남긴 지금까지 아니테라 전단에서는 단 한 명의 사망자도 나오지 않았다.

명예 포인트에 욕심을 낸 전사들 중에서 중상자가 여러 명 나오기는 했지만 죽지만 않으면 상관이 없었다.

신전과 마신 추종자 말살의 주체였기 때문에 명예 포인트와 신성력은 쏠쏠하게 챙겼다.

'아! 체내의 마정석도 엄청 커졌네.'

파워 드레인 스킬로 흡수한 것이 아니라 마족들의 마정석에 담긴 마기를 흡정 장갑으로 흡수한 것이다.

평소에 마정석을 신성력으로 감싸고 있어서 그런지 활성화가 되지 않아 상태창에도 마기의 양은 표시가 되지 않았지만 크기로 봐서 꽤 높은 수치일 것 같았다.

'슬슬 마기를 사용하는 스킬을 익혀야 할까?'

신성력 덕분에 체내의 마기는 아무런 영향도 주지 않고 있었다. 그렇다고 그냥 가지고 있을 필요는 없으니 활용을 하고 싶었다.

가온은 3황자, 5황녀와 관련된 의뢰를 끝내면 여유를 가지고 갓상점에서 쓸 만한 스킬을 찾아보기로 하고 지금까지도 별 움직임이 없는 다이트 용병단 측에 연락을 넣었다.

"아직 포위만 하고 있는 상태라고요?"

안 그래도 연락이 없어서 일이 어떻게 되었는지 궁금했는데 공격조차 하지 못하고 있다니 좀 황당했다.

—네. 총신전이라서 그런지 방어망이 너무 견고하고 언데드 천지라서 공격하기가 불가능해요.

이해가 안 가는 것은 아니다. 그만큼 언데드는 처리하기가 힘들었고 그 뒤에 마신 라케움의 추종자들이 있어서 많은 전력을 동원할 수도 없으니 말이다.

"계획은요?"

—지금까지 쌓은 인맥을 총동원해서 사제들을 더 모시려고 해요.

다이트 용병단이 품은 방랑 사제 여섯 명으로는 역부족이라는 의미다.

"가능성은 있습니까?"

—성국이나 교국은 몰라도 신전을 잃고 돌아다니는 방랑 사제들은 꽤

있으니 잘하면 가능할 것 같은데. 수뇌부가 자리를 비우면 포위망이 풀리기 때문에 곤란한 상황이에요.

아무래도 이쪽은 시간이 필요할 것 같았다.

'그냥 내가 끝장을 볼까?'

아니다. 그건 위험했다.

자신은 계약을 통해 고용한 셈이지만 차원 의뢰의 주체인 그들이 최소한의 역할을 해야만 의뢰를 완수한 것으로 판정될 가능성이 컸기 때문이다.

만약 자신이 나서서 처리했다가 그들이 받은 의뢰가 실패로 판정될 경우 어떤 일이 벌어질지 모른다.

당연히 본래의 탄 차원으로 역소환이 될 가능성이 가장 크지만 그건 가능성일 뿐이다.

다른 일이 벌어질 수도 있었다. 예를 들면 완수가 되었어도 그들의 공헌도가 너무 낮아서 아무런 보상도 받지 못할 수 있었다.

그때 전혀 예상하지 않았던 제안이 나왔다.

-아니테라 용병단에 성녀급 사제가 있다는 소리를 들었는데 그분을 우리 쪽에 보내 주시면 안 될까요?

안 될 건 없지만 가온은 사랑하는 여인이 아는 사람이 하나도 없는 세력과 함께 움직이는 것이 마음에 걸렸다.

그렇다고 부탁을 거절하기도 애매했다.

다이트 용병단은 성자급 사제만 합류하면 남은 총신전을

충분히 처리할 수 있다고 자신하고 있었다.

잠시 고심하던 가온의 눈빛이 순간 강하게 번뜩였다.

"그분과는 계약이 끝났고, 곧 중요한 일을 처리하기 위해서 멀리 떠난다고 들어서 안 될 것 같습니다."

−아!

아니테라 용병단이 맡은 세 대규모 신전을 이미 처리했다는 사실을 알기에 헤르나도 안타까운 탄성을 지를 뿐이었다.

"하지만 또 다른 분에게 연락을 해 보겠습니다."

−다른 성자급 사제를 구할 수 있는 거예요?

"일단 얘기를 좀 해 봐야 할 것 같습니다."

−부탁드려요. 어떤 대가든 치르겠다고 하세요.

"세력을 일구고 이번에 용병을 대거 구하는 바람에 재물이 부족한 거 아닙니까?"

−그렇긴 한데……. 혹시 가진 것이 있으면 먼저 온 경이 대가를 주시면 안 될까요? 지금은 여력이 없고 탄 차원으로 돌아가서 황실 비고의 보물로 보답을 할게요.

헤르나도 성자급 사제의 경우 어지간한 대가로는 고용하기 힘들다는 사실을 알고 있었다.

신전을 잃고 떠돌아다니는 방랑 사제들도 재물보다는 자신이 믿는 신의 의지에 따라서 행동하니 말이다.

무엇보다 가장 먼저 마신전이 세워진 대륙 중부는 마족과 마인 들에 의해서 수많은 신전들이 폐허가 되었고, 사제들 역시 무참하게 학살된 곳으로 방랑 사제들조차 찾아보기 힘들었다.

"제가 소지한 물품 중 사제가 욕심을 낼 만한 것이 없는 것이 문제군요. 일단 연락부터 해 보겠습니다."

그렇게 통신을 끊은 가온의 입매가 위로 올라갔다.

'재미있겠네.'

전리품을 다 챙기고 보고를 위해 가온에게 오던 시르네아가 오랜만에 미소를 짓는 그의 모습을 보고 의아한 얼굴이 되었다.

카마인 광산.

4년 전까지만 해도 오렌 제국에서 가장 풍부한 매장량을 가진 마나석 광산이었지만, 지금은 폐쇄가 되었고 아래쪽에는 마신 라케움의 총신전이 자리하고 있었다.

거대한 크기의 총신전이기에 원래 마신의 추종자들이 많은 곳이었지만, 지금은 일곱 지부의 추종자들까지 합류했기 때문에 엄청난 전력이 되었다.

무엇보다 데스나이트 20기가 이끄는 스켈레톤과 좀비 그리고 구울 등 언데드 군단은 무려 3만이 넘어서 살아 있는 인간은 감히 접근조차 할 수 없었다.

3황자와 5황녀를 비롯한 다이트 용병단의 수뇌부는 오늘도 회의를 하고 있지만, 가장 외곽에 배치된 3만여 마리에 달하는 언데드 군단을 뚫을 뾰족한 수가 없어 분위기가 아주 무거웠다.

"시간이 갈수록 공략은 더욱 힘들어질 텐데 큰일이네."

그렇게 말하는 3황자의 얼굴은 딱딱하게 굳어 있었다.

"송구합니다, 전하! 그래도 나름 유명한 용병단들이 보수만 제대로 챙겨 준다면 합류하겠다는 의사를 라친다를 통해 보내고 있으니 우리 전력도 높아질 겁니다."

"하지만 그들이 원하는 것이 돈이 아니라 식량이라는 점이 골치입니다."

"식량 가격이 천정부지인 상황이지만 그래도 보유한 자금을 모두 사용하면 구하지 못하는 것은 아닙니다."

"용병 전력도 문제지만 성자나 성녀급 사제를 확보할 수 없다는 것이 문제예요. 연이 닿는 길드를 포함한 모든 길드에 성자급 사제를 구한다는 의뢰를 넣었지만 지금까지도 아무런 소식이 없어요."

헤르나의 말에 좌중의 분위기가 다시 무거워졌다.

마신전을 에워싸고 있는 언데드 군단을 처리하지 못하면 아무리 강력한 전력을 갖춘다고 해도 소용이 없었기 때문이다.

그때 헤르나가 통신기에 불이 들어오는 것을 확인하고 황급히 귀에 댔다.

"연락을 해 보셨어요? 우리 쪽도 백방으로 구하고 있지만, 아직도 구하지 못했어요. 네? 정말요? 한 분이 아니라 두 분이나요? 아, 알겠어요! 나가 볼게요!"

통신을 끊은 헤르나의 얼굴은 너무 밝았다.

"온 훈 경이냐?"

"맞아요, 오빠! 온 경이 성자와 성녀급의 고위 사제 두 명을 이곳으로 보내 주겠다고 했어요!"

"어, 어떻게?"

"성녀급 한 분은 이곳에 넘어왔을 때 우연히 마신의 추종자들에게서 구한 인연으로 지금까지 함께해 왔고, 다른 한 분은 그분의 인맥을 통해 부탁을 했다고 해요."

"오! 온 훈 경은 실력뿐만이 아니라 운도 따르는구나. 아무튼 성녀급 사제가 있었기 때문에 우리에 비해 압도적인 속도로 마신전 지부들을 박살 낼 수 있었던 거였어."

"그들의 능력이라면 운에 기대지 않아도 지금의 성과를 거둘 수 있었을 것 같아요."

왠지 온 훈에게 질투심과 미묘한 적대감을 표출하는 파고르의 말에 헤르나가 조금 복잡한 얼굴로 말했다.

"으음. 헤르나의 말이 맞소. 사제가 합류했다고 해도 전력이 강하지 않으면 그런 놀라운 성과는 거둘 수 없었을 것이오. 온 훈 경의 선의를 고맙게 받아들입시다."

"네, 전하."

자신도 모르게 온 훈에게 저열한 감정을 품은 것도 부족해서 표출하기까지 했다는 사실을 깨달은 파고르는 수치심으로 붉어진 얼굴로 말했다.

"그나저나 아무리 성자와 성녀급이라고는 하지만 사제 두 명이 합류하는 것으로 3만이 넘는 언데드를 상대할 수 있을지 모르겠군."

"될 거예요. 그래야만 한다고요!"

그렇게 말하는 헤르나지만 내심 불안했다.

사제들을 안 만나 본 것도 아니니 성자나 성녀급이 아닌 이상 현 상황을 타개하는 어려울 거라고 생각하고 있었기 때문이다.

성자 라온과 성녀 아나샤의 등장

다이트 용병단의 수뇌부가 기다리던 사제들은 오후 늦은 시간에 도착했다.

밝은 회색의 사제복을 입은 훤칠한 키의 중년 남성과 별처럼 빛나는 눈이 아주 인상적인 30대 초반의 여성 사제였다.

먼저 파고르가 환영의 말과 함께 용병단 수뇌부를 소개했다.

"우트 여신을 모시는 라온이라고 합니다."

"우트 여신의 신실한 종, 아나샤입니다."

다이트 용병단원들이야 처음 듣는 신명(神名)이지만 그건 관심 사항이 아니다.

"그동안 온 훈 경과 함께하셨다고 들었습니다."

"맞습니다. 저를 구하신 그분이 하늘로부터 받은 소명(召命)이 마를 멸하는 것이라고 하셨고, 우트께서도 그분을 도우라는 신탁을 내리셨기에 그분을 돕고 있습니다. 라온 님은 제가 부탁을 드렸습니다."

아나샤가 그렇게 소개한 라온의 정체는 갓상점에서 구입한 레포르마티오, 일명 변신 마법으로 외모를 바꾼 가온이었는 은은하게 신성력을 발산하고 있어서 아주 가까운 사람도 동일 인물이라는 사실을 알 수가 없었다.

"그렇군요. 참으로 존경스럽습니다."

"이곳에도 마신을 숭배하고 믿는 추종자들이 있다고 들었는데, 그들을 상대하면 되는 겁니까?"

"아닙니다. 그들은 저희가 맡을 예정입니다. 사제분들이 해결해 주실 대상은 바로 언데드입니다."

"종류와 숫자를 알고 싶습니다."

언데드라는 말에 오히려 관심을 보이는 가온의 태도에 파고르를 비롯한 다이트 용병단 수뇌부는 기대감이 상승했다.

"고블린과 오크 그리고 인간이 베이스인 구울과 좀비 그리고 스켈레톤이 다 합해서 3만 정도이고, 데스나이트가 20기 정도 됩니다. 물론 데스나이트는 이쪽에서 처리할 예정입니다."

"3만이면 신성 마법으로는 처리하는 데 너무 오래 걸리겠군요."

"혹시 다른 방도가 있겠습니까?"

살짝 얼굴을 찌푸린 가온의 말에 파고르가 침을 삼키며 물었다.

"아무래도 강력한 신성 마법을 펼쳐야 할 것 같습니다."

"도움이 필요하다면 얼마든지 말씀하십시오."

"언데드의 위치 정보를 알고 싶습니다."

"언데드는 총신전의 세 문 주위에 몰려 있습니다. 좀 더 자세히 말씀드리면 우리 측의 전력 배치에 맞추어 세 곳에 자리를 잡고 있습니다. 이곳이 우리 본진인데 500미터 떨어진 정문 쪽에 1만 6천, 좌우에 배치된 두 부대와 비슷한 거리를 두고 각각 7천 마리씩 있는데, 사령술을 익힌 사제 한 명이 대략 100마리 정도를 조종하는 것으로 파악하고 있습니다."

"흩어진 것이 아니라 세 곳에 모여 있다니 다행이군요."

"네? 그게 무슨?"

일반적이라면 적이 산개한 상황이 유리하다. 각개격파가 가능하기 때문이다. 그래서 가온의 말에 파고르 황자가 의문을 가진 것이다.

"언데드를 어떻게 관리하는지 아십니까?"

가온은 황자의 의문에 대답하지 않고 다른 것을 물었다.

"3분의 1 정도는 깨어서 일정한 범위를 돌아다니고 나머지 3분의 2는 폭이 넓고 깊으며 길게 이어진 구덩이 안에 있습니다."

가온은 언데드에 대한 사항을 확인하고 인사를 한 이후로
는 계속 입을 닫고 있는 아나샤와 눈으로 대화를 한 후 입을
열었다.

"혹시 보유하고 있는 상급과 중급 마정석이 얼마나 됩니
까?"

"상급은 200개 정도이고 중급은 1,500개 정도는 될 것 같
습니다."

길드의 재산을 관리하는 수뇌가 대신 대답했다.

"내일 아침, 마정석을 모두 모아 주십시오. 마정석과 우리
신전의 성물을 이용해서 언데드를 치울 테니, 여러분은 대기
하고 있다가 언데드가 무너지면 바로 신전으로 진입하면 됩
니다."

아니테라에서 모둔, 아나샤와 며칠 동안 고심했고 시험해
봤던 것이 통한다면 언데드 3만 구를 처리하는 건 불가능하
지 않다.

"어떻게 하시려고요?"

"보시면 알 겁니다. 저희는 먼 길을 왔기 때문에 좀 쉬어
야 할 것 같은데 쉴 곳을 안내해 주시지요."

"아! 알겠습니다. 헤르나, 네가 직접 안내해 드려!"

사제들이 막사를 나가자 수뇌들은 웅성거렸지만 제대로
된 대화는 이루어지지 않았다. 다들 긴가민가하는 것이다.

얼마 후 헤르나 황녀가 미리 준비했던 천막으로 두 사제를 안내하고 돌아왔다.

"다른 말은 없었어?"

"저녁 식사를 하지 않고 계속 기도를 할 예정이니 방해하지 말아 달라는 말만 했어요."

"후유! 대체 무슨 수로 3만에 달하는 언데드를 처리할 수 있다고 장담한 걸까?"

"그야 알 수 없지만 그렇게 많은 마정석을 요구하는 것을 보면 처음에 언급했던 신성 마법진을 사용하려는 것이 아닐까 싶습니다."

"불순한 기운을 제거했다고 해도 마정석으로 신성 마법진에 사용한다는 말은 들어 보지 못했습니다."

방랑 사제 중 대표로 이 자리에 참석한 호로스 신의 사제 예브럼이 고개를 저으며 말했다.

"사제는 아니지만 그런 소리는 저 또한 처음 듣는 소리입니다."

"설마 마정석을 챙기려는 수작을 부리는 건 아니겠지요?"

상식을 벗어난 내용에 수뇌들의 목소리에는 짙은 불신감이 담겼다.

"그만! 우리가 뻔히 보고 있는 상황에서 마정석을 사용할 텐데 뭐가 걱정인가? 지켜보면 알겠지. 아무튼 저 두 사제 아니, 여사제가 그간 아니테라 용병단의 미친 활약을 담보

하는 존재였다고 하니 믿자고. 다들 돌아가서 휘하 전사와 용병 들에게 내일 아침에 공격을 한다고 알리고 준비를 하도록 해!"

"알겠습니다!"

파고르의 말에 수뇌들은 불신감을 눌렀지만 표정은 밝지 않았다. 물론 그런 지시를 내린 파고르나 헤르나 역시 불신감을 지울 수는 없었다.

"잘될 거예요! 잘되어야 하고요!"

"그래, 두 사제가 아니라 믿을 수 없는 업적을 세운 온 훈경을 믿자!"

그렇게 파고르와 헤르나는 흔들리는 마음을 다잡았다.

다음 날 아침, 다이트 용병단과 고용 관계인 두 용병단의 용병 전사와 마법사 들은 일찍 기상해서 든든하게 배를 채운 후 전투준비를 했다.

상대도 이쪽이 발산하는 투기를 감지했는지 다른 때와 달리 모든 언데드가 깨어나 적을 맞이할 준비를 마친 것 같았는데, 총신전에서 방출되는 농후한 마기로 인해서 그 기세가 엄청나게 살벌했다.

사람들은 상대가 언데드이며 숫자도 훨씬 더 많은 상황에서 기습이 아니라 전면전을 택한 수뇌부의 결정을 두고 투덜거렸지만, 그동안 기다리느라 몸이 근질거렸기 때문에 차라리 지금과 같은 상황이 반갑다는 의견이 많았다.

두 개의 해가 완전히 떠올랐을 때였다.

본진의 중앙에 자리를 잡고 전사들의 호위를 받은 상태로 앉은 두 사제의 몸에서 강렬한 신성력이 터져 나왔다.

"오오! 엄청난 신성력이야!"

그동안 다이트 용병단에서 활약한 사제들과는 차원이 다른 강력한 신성력은 마치 살아 있는 것처럼 본진 전체를 감싸더니 얼마 후에는 둘로 갈라져서 좌우 측에 포진한 전사와 마법사 들까지 휘감았다.

"버프다!"

그냥 버프가 아니었다. 전신에서 강력한 힘이 느껴졌는데 뭔가 희미한 막이 몸을 감싼 것 같았으며 피가 끓어올라 견디기 힘들 정도였다.

"보툼이다!"

보툼은 신의 축복이다. 신자들을 대상으로 성자나 성녀가 내리는 축복이다. 몸에 깃든 신성력으로 인해서 가벼운 질병은 치료되고 몸 상태가 좋아지며 한동안 삿된 기운은 몸에 깃들 수 없었다.

"어제 오후에 도착한 두 사제는 성자와 성녀였어!"

방금 전까지 사제들의 능력에 대해서 의심하던 사람들은 그들이 수많은 사람들을 대상으로 보툼을 발현할 수 있는 성자와 성녀급이라는 사실에 경악했다.

자연스럽게 알 수 없는 진을 발동해서 짙은 연기 속에 몸을 감춘 두 사제의 다음 행보가 궁금했다.

"호위 전력을 두 배로 늘려! 아니, 세 배로!"

내색은 하지 않지만 다른 수뇌들과 비슷한 심경이었던 파고르가 소리쳤다. 보톰을 발현할 정도의 사제들이라면 단단히 보호해야만 했다.

그렇게 사람들이 기대하는 가운데 두 사람을 감싼 진 속에서 직경이 1미터나 되는 신성한 구체가 떠올랐다. 그리고 그 구체는 눈 깜짝할 사이에 본진과 마주 보는 위치에 포진한 언데드 군단의 위쪽으로 이동했다.

라케움 진영이 웅성거리기 시작할 때 거대한 신성 광구가 작은 구체로 나뉘면서 길게 띠를 이루기 시작했는데 속도가 비약적으로 빨라졌다.

곧 언데드 군단의 위쪽 상공에는 폭이 50여 미터에 길이가 1킬로미터에 이르는 신성한 빛을 발산하는 구름이 만들어졌다.

"홀리 레인!"

매직아이 마법으로 보면 신성한 구름은 빗방울 크기의 작은 구체들로 이루어졌는데 무서운 속도로 아래를 향해 쇄도했다.

거대한 신성 광구가 이동해서 신성한 구름으로 변하고 잘게 분해되어 비처럼 내리는 과정은 불과 몇 번 호흡할 정도의 짧은 시간에 이루어져 신성력에 경각심을 가진 마신 라케움의 사제들과 언데드들은 거의 대부분 그 비를 피하지 못했다.

츠즈즈즈.

"크아아악!"

본능적으로 하늘을 쳐다보다가 신성력이 가득한 빗방울을 맞은 사제들의 얼굴이 타들어 가기 시작했다. 게다가 마기와 상극인 신성력은 물리 방어력이 뛰어난 로브에 스며들어 신체에도 영향을 주기 시작했다.

온몸에 커다란 혹이 부풀어 올랐고 이내 터지면서 마기가 농축된 액체가 고름처럼 흘러나왔는데, 강렬한 열기와 함께 미칠 것처럼 간지러워서 긁지 않을 수가 없었다.

사제들은 온몸이 타는 것 같은 강렬한 열감과 함께 긁는 순간 살이 깊게 파이면서 극렬한 고통을 동시에 느끼면서 미친 듯이 비명을 지르며 바닥을 뒹굴었다.

하지만 사제들의 반응은 언데드에 비하면 아무것도 아니었다.

별다른 방어구도 없이 온몸으로 신성한 방울을 맞은 언데드들은 맞은 부위가 아예 녹거나 타 버렸는데, 신성력이 온몸으로 빠르게 퍼져 버려서 스켈레톤은 순식간에 연기가 되어 흩어졌다.

육신이 남아 있어 약간의 감각을 느낄 수 있는 구울과 좀비의 상황은 더욱 참혹했다. 살과 뼈가 타는 고통을 고스란히 느껴야만 했기 때문이다.

시간의 차이는 있었지만 좀비와 구울 들도 스켈레톤처럼 빠르게 신성력에 의해서 녹아 버리거나 타 버렸다.

그 모습을 지켜보던 다이트 용병단원들이나 고용된 용병단의 전사와 마법사 들 그리고 상황을 지켜보기 위해서 다양한 길드에서 파견된 정보원들은 거대한 신성 광구가 나타났을 때부터 입을 다물지 못하고 있었다.

"미, 미친!"

"이렇게 강대한 신성력이라니! 설마 신이 강림한 거 아니야?"

마툰 차원의 사제들도 신성력을 통해서 이적을 행하고 마계에 연원을 둔 마족, 마인, 마수, 몬스터 들을 쉽게 소멸시킬 수 있지만 이건 차원이 달랐다.

특히 다양한 전장을 목격했던 정보 길드의 정보원들은 마신의 추종자들과 사제들의 전투를 지켜본 적이 많았기에, 지금 자신들이 목도한 광경이 얼마나 비현실적인지를 잘 알았다.

사제들은 마법사처럼 등급이 구분되는 것은 아니지만 광역 마법에 해당하는 홀리 레인은 대사제는 되어야만 사용할 수 있었다.

이름도 들어 보지 못한 신을 모시는 사제들이 그런 신성 마법을 발현한 것도 놀랍지만, 홀리 레인의 범위가 너무 엄청났다.

'우트라는 여신의 격이 아주 높은 건가?'

어지간한 신전의 성자나 성녀급이라고 해도 쉽게 발현할 수 없는 엄청난 신성 마법이었다.

하지만 그게 끝이 아니었다.

마법진 안에 있는 두 사제는 여전히 신성한 안개에 가려서 보이지 않았지만, 또 다른 신성 광구가 하늘로 솟구치더니 이번에는 좌측으로 날아갔는데, 처음보다는 크기가 좀 작았지만 그 결과는 동일했다.

중간에 있는 건물 때문에 본진 쪽에서 벌어진 비극을 전혀 모르고 있던 라케움의 사제와 언데드 대부분이 이번에도 신성력으로 이루어진 비에 맞아서 극렬한 고통으로 몸부림치다가 재가 되어 흩어지고 있었다.

얼마 후 또 다른 신성 광구가 하늘로 치솟더니 우측으로 날아가서 비처럼 사제와 언데드의 머리 위로 쏟아졌다.

단 세 번 만에 무려 마신 라케움의 사제 300여 명과 무려 3만에 이르는 언데드가 거의 대부분 소멸하고 만 것이다.

"대체 신성력이 얼마나 높기에?"

"오오! 우트 신이여! 제 경배를 받으소서!"

두 사제의 능력이 감탄하는 사람들도 있었지만 대부분은

처음 들어 보는 우트 신에 대한 경애심을 표출했고, 일부는 너무 감동을 받은 나머지 우트 신의 신도가 되겠다고 결심했다.

지금 대륙에는 성국과 교국 그리고 몇 개의 신전들이 남아서 마계의 추종자들에게 대항하고 있지만, 이렇게 압도적이고 강대한 신성력으로 마신의 추종자와 언데드를 소멸시킨 사례는 전례가 없기에 감명을 받을 수밖에 없었다.

세 번에 걸쳐서 엄청난 규모의 홀리 레인 마법을 발현한 가온과 아나샤는 신성력과 심력 고갈로 인해서 피로했지만 서로를 마주 보면서 활짝 웃었다.

"역시 온 랑은 대단해요! 성공할 줄 알았어요!"

"쉽지는 않았지만 성공해서 정말 다행이야."

가온과 아나샤의 신성력으로는 이렇게 넓은 범위를 뒤덮을 정도의 홀리 레인 신성 마법을 구현할 수 없었다.

신성력으로 비구름을 만들고 목표를 향해 내리게 하는 데만 해도 엄청난 신성력이 필요했다.

'이게 모두 에너지 변환 스킬 덕분이야.'

아니테라에서 모둔과 함께 세 사람이 머리를 맞대고 고민한 끝에 나온 결과는 일단 두 사람이 신성력을 방출해서 거대한 구체를 이룬 후에 가온이 염력으로 움직여서 홀리 레인과 동일한 효과를 만드는 방법이었다.

비록 아나샤가 우트 여신의 성녀였고 그간에 세운 업적을 통해서 신성력이 크게 늘었으며, 가온 역시 아이테르 차원에 이어서 이곳 마툰 차원에서도 엄청난 신성력을 획득했지만, 그래도 세 개의 거대한 신성 광구를 만들 정도는 아니었다.

그래서 다이트 용병단이 내준 마정석들을 활용해서 소규모지만, 집적 효율이 엄청나게 높은 마나 집적진을 만든 후 그 마나와 가온의 음양기를 신성력으로 전환시켰는데, 다행히 세 개까지는 무리 없이 만들 수 있었다.

나머지는 그 신성 광구를 정교하고 세밀하게 조작하는 것인데, 그동안 꾸준하게 오른 지력과 집중력 스탯에 A등급 5레벨에 이른 염력 덕분에 가능했다.

아쉬운 것은 에너지 변환 스킬을 그동안 거의 사용하지 않아서 전환율이 겨우 50%밖에 안 된다는 점이었는데, 그래도 가온의 음양기가 워낙 많아서 가능했다.

가온이나 아나샤 둘 다 신성력이 거의 고갈되었고 막대한 심력과 집중력을 발휘했기에 상당히 지친 상황이었지만 이후에 벌어질 상황이 궁금해서 마나 집적진을 해제하고 밖으로 나왔다.

"수고하셨습니다!"

그동안 파고르 황자가 무슨 얘기를 했는지 모르겠지만 사람들은 할 말은 무척 많은 표정이었으나, 약속이나 한 듯 그렇게 간단하게 감사를 표하고 이제 전투에 나설 준비를 했다.

가온과 아나샤는 겹겹이 두른 전사들 사이에 자리를 잡고 기도를 하기 시작했다.

물론 아나샤만 진정한 기도를 올리는 것이고 가온은 그 자세로 흡정 장갑을 이용해서 아직 사용하지 않은 마정석에서 마나를 흡수하는 방식으로 마나를 회복하고 있었다.

그동안 둥글게 모여 앉아서 주문을 외던 마법사들이 드디어 거대한 마법진을 가동했다.

그리고 얼마 후 하늘이 컴컴해지는가 싶더니 먹구름이 몰려들었고 구름 속에는 시퍼런 뇌전이 번뜩였다.

"라이트닝 레인!"

주문이 완성되는 순간 벼락이 비가 오듯 마구 떨어지기 시작했는데, 목표는 바로 총신전을 감싸고 있는 반구형의 투명한 막이었다.

츠즈즈즈.

수백, 수천의 벼락이 막을 강타하며 총신전이 시퍼런 뇌전에 휩싸이는 것 같았지만 실망스럽게도 막은 부서지지 않았다.

"이걸 어떻게 하지?"

다들 크게 실망했다.

마법진까지 활용해서 위력을 극대화한 라이트닝 레인이라면 총신전을 보호하는 반구형의 보호막을 소멸시킬 수 있을 거라고 자신했지만 실패한 것이다.

가장 난적이었던 언데드 군단을 겨우 소멸시켰는데 보호막에 발목이 잡히게 생긴 것이다.

성격이 급한 일부는 보호막 바로 앞까지 달려가서 검기를 사용했지만, 마치 물을 베고 찌른 것처럼 즉각적으로 막이 복구되었다.

곧바로 다시 수뇌부 회의가 소집되었지만 좋은 의견은 나오지 않았다. 애초에 라이트닝 레인이라면 충분히 보호막을 부술 수 있을 거라고 확신했었다.

그때 회의장에 가온이 들어왔다.

"라온 사제님!"

"무리하신 것 같은데 괜찮으세요?"

파고르와 헤르나가 자리에서 일어나며 반겨 주었다. 그만큼 가온의 존재감이 커진 것이다.

"총신전을 보호하는 보호막 때문에 곤혹스러운 상황이 되었다고 들었습니다."

"맞습니다. 마법진의 보조로 8서클 마법의 위력을 발휘할 수 있는 라이트닝 레인이 보호막을 부수지 못할 줄은 아예 생각도 하지 않았기에 아주 골치가 아픈 상황입니다."

가온은 이미 총신전을 보호하는 막을 살펴봤다.

'마정석의 마나로 구동하는 마법진뿐만이 아니라 영석의 영력을 이용하는 마법진까지 추가되어 보호막의 방호력이

몇 배로 올라갔군.'

그러니 일반적인 수단으로 보호막을 부술 수 없을 것이다. 아니, 방법을 찾는다고 해도 시기를 놓친다면 향후 더 단단한 방비를 할 것이 분명했다.

"으음. 방법이 없는 건 아닌데……."

일부러 말을 흐렸지만 들을 사람은 모두 들었다.

"방법이 있습니까?"

"대가는 뭐든 치르겠습니다! 알려만 주십시오!"

"제가 개인적으로 아는 조인족의 힘을 빌린다면 보호막이 아무리 강력해도 충분히 소멸시킬 수 있을 것 같은데, 어지간한 보물로는 그들의 도움을 받기가 힘듭니다."

"조인족!"

"오래전에 깊은 산맥에서 종종 목격되었다는 소문이 있기는 했지만 조인족이 정말 있었군요!"

역시 다양한 아인종이 어울려 살아가는 세상이다 보니 조인족도 실재(實在)하고 있었지만 수가 많은 건 아닌 것 같았다.

"어, 어떤 대가면 될까요?"

"그거야 저도 알 수 없지요. 하지만 일전에 제 부탁을 수락했을 때의 대가는 전설 등급의 아이템이었습니다."

가온의 말에 파고르와 헤르나가 눈으로 잠시 대화를 하더니 파고르가 품에서 한 물건을 꺼냈다.

"이 시계는 다이트 황실의 수호 드래곤에게 받았다는 전설이 깃든 보물 중 하나입니다. 네 번에 한해서 시간을 5분 전으로 되돌리지요. 본래 열 번이었는데 그동안 여섯 번을 사용했습니다. 따로 각인 작업을 필요하지 않고 시계를 손에 쥐고 강하게 염원하면 발동한다고 들었습니다. 그 어떤 감정사들도 등급은 확인하지 못했습니다. 이 정도 보물이면 되겠습니까?"

파고르의 말에 가온은 정말 깜짝 놀랐다.

'비록 5분이 한계지만 시간 역류의 이적을 일으키는 시계만 있다면 막말로 목숨을 네 번은 구할 수 있다는 얘기가 아닌가.'

전설이 아닌 데미갓 등급은 되는 아이템이었다. 그리고 파고르와 같은 신분을 가진 자가 거짓말을 할 리는 없을 것이다.

'어쩌면 이 시계가 지금의 파고르 황자를 만들었는지도 모르겠군.'

그 정도로 가치가 높은 아이템이었다.

"이 아이템은 일단 단장님이 가지고 계십시오. 조인족 측에 의사를 타진해 보겠습니다."

"어떻게 말이에요?"

"그들과는 짧지만 텔레파시로 대화를 나눌 수 있습니다."

"오오!"

우트라는 이름의 여신은 처음 듣지만 가온이 어마어마한

신성력을 발휘하는 모습을 직접 본 사람들은 얼마나 멀리 떨어져 있는지 알 수 없는 조인족과 텔레파시로 대화를 나눌 수 있다는 말을 전혀 의심하지 않았다.

사람들은 경의에 가득한 시선으로 정신을 집중하느라 눈을 감은 가온의 입술이 뭔가 얘기를 하는 것처럼 꿈틀거리는 모습을 지켜보았다.

얼마 후 가온이 눈을 떴는데 눈빛에서 강렬한 신성력이 흘러나와 사람들을 놀라게 했다.

"조인족이 부탁을 받아들였습니다!"

"오오!"

"보호막이 깨지지 않으면 보물은 받지 않겠답니다."

다이트 용병단의 입장에서는 최상의 결과였다.

"우리는 이제 조용하고 안전한 곳으로 가서 기도를 드리려고 합니다. 조인족이 보호막을 부수고 나면 다시 돌아오겠습니다."

"저희가 안전하게 지켜 드릴 수 있는데……."

헤르나의 말에 가온이 미소를 지으며 고개를 저었다.

"이곳은 마기가 농후해서 기도를 올리기에 적당하지 않습니다."

"아! 그것을 생각하지 못했네요. 그럼 다녀오세요."

가온은 사람들이 지켜보는 가운데 아나샤와 손을 마주 잡고 사라지더니 순식간에 대략 400여 미터 떨어진 곳으로 이동했다가 금방 사라졌다.

그렇게 사라졌다 나타나기를 십여 번 반복하더니 두 사람의 모습은 더 이상 보이지 않았다.

공간 이동술을 처음 보는 사람들은 눈으로 보면서도 믿을 수가 없었다. 헤르나는 자신이 마법사이기에 더욱 놀랐다.

"마나의 유동이 전혀 느껴지지 않는 것을 보면 텔레포트 마법이나 스크롤을 사용한 것은 분명히 아닌데, 이렇게 빠르게 공간을 넘어 이동할 수 있다니 정말 놀라운 능력이네요."

"어떻게 저들을 우리에게 보냈는지 모르겠지만 온 훈 경의 능력이 정말 대단하군."

"맞아요."

헤르나와 파고르는 성자와 성녀급의 사제보다 짧은 시간 동안 저런 능력자를 잘도 찾아내어 영입하거나 협력을 이끌어 낸 가온을 더 높이 평가했다.

"그나저나 조인족이 어떻게 저 보호막을 부순다는 건지 궁금하네."

"그러게요. 조인족이 마법을 사용한다는 말은 들어 보지 못했는데 말이에요."

마법진으로 만든 보호막이기에 그 막을 부수려면 마법을 사용해야 한다는 것이 상식이었다. 그렇기에 조인족의 대응이 너무 궁금했다.

대략 30분 정도가 지났을 때 비로소 기다리던 손님이 찾아왔다.

"하늘에 뭐가 있어!"

누군가의 외침에 사람들의 시선이 빠르게 하늘로 향했다. 그리고 사람들은 아주 높은 상공에 마치 점처럼 보이는 것들이 빠르게 자신들 쪽을 향해 날아오는 것을 볼 수 있었다.

마법사들이 매직아이 마법으로 점들이 거대한 새의 모습을 하고 있다는 사실을 확인했기에 사람들은 그들이 조인족이라고 굳게 믿었다

너무 높이 날고 있어서 사람들의 눈에는 여전히 점처럼 보이는 조인족들이 드디어 이동을 멈추었는데, 그 위치는 반구형 보호막이 있는 마신전 위였다.

두 사제가 엄청난 권능을 발휘한 직후라서 사람들의 관심과 시선은 자연스럽게 조인족들에게 고정되었는데 잠시 후 놀라운 일이 벌어졌다.

"뭔가 떨어진다!"

작은 점들이 빠르게 커지는가 싶었더니 이내 점이 확대되면서 정체가 드러났다.

"바위야!"

시력 강화 마법을 발현한 마법사가 외쳤다. 아직 거리가 있어서 형태나 크기는 확실하게 알 수 없었지만 거대한 바위라는 건 확실했다.

무려 100여 개에 달하는 거대한 바위들이 무시무시한 속도로 낙하했는데, 누가 조종이라도 하는 것처럼 동시에 다섯 군데를 정확하게 폭격했다.

그 충격에 반구형 보호막이 미친 듯이 요동을 쳤다. 바위에 실린 힘이 너무 컸기 때문이다.

그것만이었다면 그래도 보호막이 견딜 수 있었을 텐데 바로 이어서 또 다른 바위들이 방금 충격을 받은 지점을 연이어 정확하게 강타했다.

보호막은 더욱 심하게 요동을 쳤고 결국 세 번째 바위 폭격은 견디지 못했다.

쩌저저저정!

마기로 이루어진 보호막이 유리처럼 부서지더니 이내 마기로 변해서 대기로 흩어졌다.

"깨졌다!"

사람들이 일제히 환호성을 질렀다. 이제 신전으로 진입해서 마족 사제와 마전사 들을 처치할 차례였다.

이 순간만을 기다렸던 사람들이 무기를 힘주어 쥐고 진입 명령을 기다릴 때 파고르의 눈매가 좁아졌다.

"잠시 대기! 현재 위치에서 잠시 대기하라!"

공격 명령이 아니라 대기 명령에 사람들은 의아했지만 일단 명령에 따랐다.

그런데 파고르는 마신전이 아니라 조인족이 떠 있는 높은 상공을 쳐다보았다.

'설마 아직 바위 폭격이 끝난 것이 아닌가?'

그럴 리가 없다. 너무 높은 상공에 있어 마법으로도 확인하기가 어렵지만 조인족 혹은 조인족이 부리는 새들은 대략 300 정도이니 발톱으로 움켜쥐고 온 바위도 더 이상 없을 것이다.

사람들은 의아했지만 파고르를 따라 하늘 높은 곳에 떠 있는 점들을 바라보았다.

"다시 바위가 떨어진다!"

"아직 안 끝났어!"

바위들이 다시 떨어지고 있었는데 이번 목표는 마신전의 양쪽에 있는 건물군에서 나온 마족 사제들과 마전사들이었다.

마신 라케움의 추종자들은 보호막을 믿고 있다가 부서지자 혼비백산한 상태에서도 세 곳으로 전력을 나누었는데, 마전사들이 앞에 서고 안에 마족 사제들이 위치한 상태에서 상대를 맞이할 준비를 마친 상태였다.

꽝! 꽝! 꽝!

엄청난 폭음과 함께 대지가 요동치며 모든 것들을 위로 치솟아 오르게 만들었다.

폭격이 멈추고 난 후 눈에 들어온 것은 폭삭 무너진 건물들과 거대한 바위에 짓눌린 육편 그리고 피 웅덩이밖에 없었다.

세 구역 모두 1천여 명이 있었지만 바위 폭격에서 벗어난 사람은 무리의 바깥쪽에 있었던 수십 명밖에 없었다.

운이 좋았던 그들은 동료들의 살점과 피로 범벅이 된 처참한 모습으로 비명을 지르며 본전 쪽으로 도망쳤다.

눈 깜짝할 사이에 그 높은 상공에서 지면으로 내리꽂힌 바위들에 실려 있는 에너지가 얼마나 강했는지 마족 대사제도 미처 대응하지 못하고 육포가 되어 버린 것이다.

'이 정도면 시간 역류의 시계도 전혀 아깝지 않네.'

파고르는 마침내 공격 명령을 내렸다.

뿌우우우! 뿌우우우!

이미 언데드 군단은 박살이 나 버렸고 총신전을 방어하던 세 구역의 마족과 마전사 들까지 바위 폭격으로 육편이 되어 버리자 사기가 크게 올랐다.

공격 명령이 떨어지자 전사들은 마신전을 향해서 빠르게 달리기 시작했다.

얼마 남지 않은 사제와 마전사 그리고 언데드는 엄청난 속도로 달려오는 전사의 파도에 쓸려 순식간에 분쇄되었다.

그렇게 순식간에 본전 앞까지 진군한 다이트 용병단이었지만 웬일인지 발을 멈추었다.

속속 몰려드는 사람들은 왜 멈추었는지 알 수 없어 당황했지만, 곧 그 이유를 알 수 있었다.

신성력을 회복하기 위해서 떠났던 두 사제 중 라온이라는 남자 사제가 아까와 마찬가지로 공간을 짧게 연달아 이동하는 방식으로 도착한 것이다.

플라위스들을 전용 아공간으로 돌려보낸 가온이 사람들의 머리를 넘어 마신전의 본전 앞에 도착하자 사람들이 공손하게 그를 맞이했다.

"아나샤 성녀의 말이 그동안 아니테라 용병단이 처리한 마신전의 본전에는 위험한 마법진들이 있다고 하더군요. 이대로 그냥 들어간다면 여러분은 예기치 않은 피해를 입을 겁니다. 잠시 마법진이 가동하지 않도록 조치를 하겠습니다. 잠시만 기다리세요!"

그렇게 말한 가온이 두 손을 가슴 앞에 모았다. 그리고 낮고 알아들을 수 없는 언어로 주문을 외더니 마지막으로 외쳤다.

"홀리필드!"

그러자 가온의 몸을 중심으로 신성한 기운이 안개처럼 솟아나더니 빠르게 퍼져서 순식간에 본전 건물을 뒤덮었다.

츠즈즈즈즈.

미세한 소음과 함께 건물은 검은색과 하늘색으로 뒤섞이며 요동을 치기 시작했다. 건물 외벽에 새긴 마법진에 신성력이 침투한 것이다.

얼마 후 다시 건물이 드러났는데 더 이상 마기가 느껴지지 않았다.

"이제 들어가도 됩니다. 아시겠지만 내부 공간은 확장되었을 테고 마법진 일부가 활성화되어 있을 가능성이 높으니 조심하세요."

다이트 용병단의 수뇌와 정예들은 자신만의 방식으로 감사함을 표현하고 본전 안으로 진입했다.

가온은 다이트 용병단이 들어간 본전에는 따라 들어가지 않았다.

다만 카오스의 도움을 받아서 본전의 뒷벽 안쪽 깊숙한 곳을 지나는 거대한 영맥을 찾아내고 흡발석을 뽑아낸 후 신전 벽에 있는 마법진을 파괴하기만 했다.

한참이 지난 후, 본전 안에서 사람들이 나왔는데 몰골이나 행색이 그야말로 악전고투를 치른 것 같았다.

하지만 표정은 복잡했다. 기쁨과 슬픔이 공존하는 표정이었다.

'성공은 했지만 사상자가 많이 나왔군.'

더 이상 보이지 않는 인물이 대략 절반에 달하니 마음 놓고 승리를 즐길 수가 없는 것이다.

"수고하셨습니다."

이제야 밖에서 기다리고 있는 가온을 본 파고르와 헤르나 등 수뇌부가 빠르게 달려왔다.

"라온 사제님과 아나샤 사제님 덕분에 무사히 본전에 도 사리고 있던 마신 라케움의 추종자들을 해치울 수 있었습니다."

파고르 3황자는 진심으로 두 사람에게 감사했다. 3만이나 되는 언데드 군단도 그렇지만 조인족과 계약을 주선해서 보호막을 부수고 본전을 지키려는 전력까지 치워 주었다.

또한 라온이 끝까지 신경을 써서 상당수의 마법진이 가동하지 않도록 하지 않았다면 소드마스터와 7서클 마법사가 포함된 최고의 전력이라고 해도 본전 안에서 기다리고 있던 적들을 모두 해치울 수 없었을 것이다.

그만큼 본전 안에는 수많은 마법진이 새겨져 있었지만 라온이 신성력으로 그 마법진들이 작동하지 않도록 했기 때문에 놈들이 준비한 계책을 쓸 수가 없었다.

지금도 생생하다.

심장에 커다란 구멍이 나고 머리 반쪽이 부서진 사도라는 마족이 이를 갈면서 신전 외벽의 마법진만 제대로 작동했으면 너희와 같은 놈들은 가볍게 처리해서 마신께 제물로 바쳤을 거라며 원통해하던 모습 말이다.

"이것이 시간을 되돌리는 시계입니다. 조인족에게 잘 전해 주십시오."

"그렇게 하겠습니다. 그럼 잘 마무리를 하십시오. 저는 이제 아니테라 용병단으로 귀환하겠습니다."

예자롱으로
히든랭커

이곳에 다시 돌아와야 할 이유 중 하나인 시계를 받은 가온은 이별을 고했다.

"잠시만요! 이렇게 가시면 안 됩니다!"

"아닙니다. 원래 다른 일을 하던 중에 아나샤 성녀의 간절한 부탁을 받고 잠시 들른 것이라서 지체할 여유가 없습니다."

"아! 그런 사정이 있을 줄은 몰랐습니다. 정말 감사했습니다. 온 경에게 너무 고마워하고 있다고 꼭 전해 주십시오."

파고르는 연신 허리를 굽혀 감사한 마음을 전했고 이젠 불신감 대신 경외감이 가득한 얼굴이 된 다른 수뇌들도 3황자를 따라 최고의 경의를 담아 인사를 했다.

두 손을 가슴 앞에 모든 자세로 인사를 받은 가온이 아까처럼 공간 이동을 몇 번 하더니 순식간에 사라졌다.

그 모습을 한참 동안 쳐다보던 파고르 황자가 길게 탄식을 하며 말했다.

"우린 4년이나 먼저 이 세계에 와서 대체 뭘 한 거지? 불과 얼마 전에 차원을 건너온 온 훈 경은 저런 대단한 사제들을 동료로 만들었는데."

"부러워하지 말아요, 오빠. 그만한 능력이 있기 때문에 가능한 일이라고 생각해요. 성녀급에 해당하는 사제를 구하기 위해서 그와 그의 부하들이 어떤 위험을 감수했는지를 생각하면 부러워할 일이 아니에요."

그때 두 사람의 눈앞에 의뢰 완수와 보상을 알리는 홀로그램이 주르르 떴다.

"아무튼 우리가 맡은 의뢰는 완수가 되었구나."

파고르는 자신의 역량에 실망감이 컸는지 의뢰를 완수했음에도 얼굴이 밝지 않았다.

"고생했어요, 오빠."

"너도! 네가 아니었다면 황실 마법사들을 데려오는 것도 힘들었을 테고 자금 관리도 힘들었을 거야."

"당연히 해야 했던 일인걸요. 그래도 히든 의뢰는 도전할 수 없을 것 같아요. 척 경과 도론 경 그리고 라튼 마법사님이 돌아가셨어요. 다른 분들도 심하게 다치거나 내상을 입었고요. 더 이상은 무리예요. 온 경에게 들은 큰언니의 상황도 좋지 않은 것 같고, 우리의 역량으로는 이 이상은 불가능한 것 같아요."

"나도 그렇게 생각한다. 한 마신의 추종자들을 말살하는 의뢰도 온 경이 아니었다면 불가능했으니 우리의 능력으로 히든 의뢰를 수행하는 건 죽여 달라는 것이나 다름없지. 그래. 돌아가자꾸나."

두 사람은 결국 히든 의뢰는 포기하고 탄 차원으로 돌아가기로 결정했다.

물론 당장 돌아갈 수는 없었다. 미리 준비는 해 두었지만 그래도 처리할 일들이 좀 있었다.

파고르는 단원들을 한곳으로 모았다.

꧁꧂

멀리 떨어진 곳에서 카오스에게 동화해서 다이트 제국 측 인물들이 빛에 감싸여 사라지는 모습을 지켜본 가온의 마음은 홀가분했다.

사실 다이트 제국 측이 이곳에 남는다면 그가 목표로 하는 의뢰를 수행하는 데 큰 도움이 된다.

'하지만 그렇게 되면 대황녀의 의뢰 완수가 너무 늦어져.'

다이트 제국의 미래에 대해서는 큰 관심은 없지만 자신의 본거지가 될 탄 차원에 극심한 혼란이 발생하는 건 원치 않는다.

안 그래도 던전이 속속 생성되고 마수와 몬스터 들이 날뛰는데 내전까지 벌어진다면 죄 없는 수많은 사람들이 크나큰 고통을 받을 것이다.

무엇보다 다른 전력이 없더라도 시간이 좀 더 걸릴 뿐 히든 의뢰를 해결할 수 있다는 자신감이 있었다.

다만 전제 조건이 있었다.

'대륙을 방랑하고 있는 사제들은 물론 성국과 교국도 움직여야 해!'

아니테라 전단만으로 히든 의뢰를 완수하는 건 사실상 불가능하다.

아무리 기동력과 실력이 뛰어나다고 해도 지금처럼 각개 격파를 할 수 있다면 모르겠지만 상대가 힘을 합하거나 함정을 파고 기다린다면 문제가 심각해질 수 있었다.

마기와 상극인 신성력을 보유한 성국과 교국에 더해서 다양한 신전들이 성전을 선포하고 망국(亡國)의 세력들까지 가세한다면 승산은 더욱 높아질 것이다.

이번에 라온이라는 가명으로 활동한 것은 사제로서 인지도를 높여서 일단 방랑 사제를 규합하려는 목적도 있었다.

'아니테라 전단에 흡수할 수 있으면 더 좋겠지만 마신의 추종자들을 상대하는 일에 끌어들일 수만 있어도 도움이 될 거야.'

그건 그렇고 이번에 사제로 활약을 하면서 받은 보상을 확인해야 했다. 주도적인 역할을 한 것이 아니라 보상 수준은 기대하진 않지만 말이다.

'호오! 생각보다 많이 주네!'

3레벨 상승, 스킬 하나, 30만 명예 포인트까지 확인한 가온이 기분 좋게 웃다가 뒤에 이어진 내용을 확인하고 얼굴이 굳어 버렸다.

'신성력이 500만이라고?'

자신에게 좋은 일이긴 하지만 너무 엄청난 수치에 깜짝 놀랐다. 사실 좀 이해가 가질 않았기 때문이다.

'내 행동이 이 세계의 신들에게 도움이 되는 쪽인가 보네.'

일단 그 정도로 받아들였다.

이 세계의 신들 입장에서는 마계의 마신 세력에 침략을 당하는 상황이니 말이다.

마지막으로 스킬을 확인했다.

'제대로 써먹을 수 있는 신성 마법이 나왔으면 좋겠다.'

나름 간절하게 바랐지만 사실 기대는 없었다. 마신 라케움의 수석 대사제를 포함한 마지막 전력을 해치운 건 자신이 아니었다.

홀리 플레임 볼 : 성화구(聖火球)

등급 : ―
상세
―마기를 품고 있는 존재를 끝까지 태워서 소멸시키는 신성한 화염구를 만든다.
―신성력에 비례해서 화염의 열기가 정해지며 화염구의 크기는 마음대로 조절할 수 있다.

'등급이 없다고?'

등급도 없고 레벨도 없는 스킬이다.

바라던 신성 마법이기는 한데 이런 건 처음이다. 게다가 내용도 아주 심플했다. 그저 신성력의 크기에 따라서 화염의 열기가 정해진다는 내용이 전부인 것이다.

가온은 등급이 없는 건 좀 걸렸지만 오히려 잘됐다고 생각했다.

염력을 사용하는 자신에게는 목표 설정과 목표까지 날아가는 데 필요한 신성력의 소모가 필요하지 않았기 때문이다.

다만 최근 재미를 본 스킬 강화를 사용할 수 없다는 건 좀 아쉬웠다.

F급이라고 해도 스킬 강화를 사용하면 훨씬 위 등급의 위력을 발휘할 수 있는데 이 스킬은 아예 불가능했다.

가온은 잠시 다음 행보에 대해서 고민을 하다가 가족을 되찾은 드워프족이 기뻐하는 모습을 쓸쓸하게 바라보던 엘프족이 떠올라서 일단 카마 대수림 지대를 돌아보기로 했다.

그들의 말로는 가족들이 모두 죽임을 당했다고 했는데 혹시 생존자가 있을지도 모르니 말이다.

엘프족 구하기

카마 대수림은 설산 산맥의 남서쪽에 위치한 거대한 삼림(森林)지대로 오래전부터 많은 엘프족의 터전이었다.

인간은 약초꾼이나 사냥꾼 정도가 대수림의 초입에서 활동할 뿐 깊은 곳은 들어갈 엄두도 내지 않았다.

전설에나 등장할 법한 기이한 괴물들은 물론 곳곳에 위험한 독물들이 서식했고 독지(毒地)와 같은 위험한 곳들이 즐비했다.

그래서 숲의 아이라고 불리는 엘프족도 대수림의 외곽에 주로 터를 잡고 살아왔는데 최근 몇 년 사이에 불행이 찾아왔다.

대수림의 안쪽에 활화산이 하나 있는데 그곳에 던전이 생겼고 불을 뿜어내는 기이한 마수가 나와서 생물들은 물론 식물까지 마구잡이로 태워 버리는 일이 생긴 것이다.

대수림에 거주하는 엘프족 전체는 아니지만 서로 연락이 되고 오랫동안 교류를 해 온 22개의 부족의 하이엘프들은 논의 끝에 최고의 전력을 파견해서 최대한 빨리 마수를 토벌하기로 결정했다.

에너지 이변으로 인해서 자연의 기운은 물론 정령력까지 크게 낮아진 상황이라 최대한 빨리 처리를 하기로 한 것인데, 하이엘프들이 지휘하는 전사들이 부족을 떠난 지 나흘이 지났을 때 지옥화(地獄火)라는 이름을 가진 마신 테라르의 사제와 마전사 들이 정예 전력이 없는 마을들을 기습했다.

마신 테라르의 추종자들은 엘프들을 마구 죽이고 엘프목까지 불태워 버렸다. 그리고 그동안 엘프족이 오랫동안 모은 다양한 보물들을 강탈해 갔으며, 그 소식을 듣고 다급하게 돌아오던 엘프 전사들을 독으로 제압하기까지 했다.

'누구라도 살아 있으면 좋겠다.'

가온은 그런 희망을 가지고 자신에게 귀속된 엘프족들이 살았던 카마 대수림의 외곽 지역을 찾았다.

'여기가 대수림이라고?'

분명히 헤벨에게 들은 이정표의 위쪽은 대수림이라고 했는데 눈에 들어온 것은 불에 타 버린 시커먼 대지밖에 없었다.

'설마 엘프족을 학살하고 불까지 지른 건가?'

자연 발생한 불길이 쓸고 간 것일 수도 있지만, 왠지 그런 생각이 들었다. 마신 테라르는 지옥의 불이라는 이명을 가지고 있으니 말이다.

가온은 계속 날면서 확인을 했는데 타 버린 지역은 엄청나게 넓었다. 그리고 검게 변한 대지의 한쪽 끝에는 엘프족이 '악마의 입'이라고 불렀던 검은 산이 자리하고 있었다.

산 쪽으로 접근하자 원래 뾰족했을 산봉우리의 절반 정도가 화산 폭발로 인해서 날아간 상태에서 여전히 용암이 끓어오르고 짙은 안개가 피어오르는 활화산이 보였다.

그런데 이상한 생각이 들었다. 대기에서는 농후한 마기가 느껴지지 않았다.

'왜 이곳의 대기만 이렇지?'

다른 곳은 에너지 이변의 결과가 그대로 적용된 상태였지만 이상하게 화산 근처만 유독 마기가 느껴지지 않았다.

가온은 카오스를 불러내어 주위의 지질을 한번 살펴보라고 부탁했다.

얼마 후 카오스의 의념이 전해졌다.

-분화구로 내려가는 돌계단이 있어. 계단의 높이나 사이즈로 보아 인간이 사용하는 것이 틀림없어.

말도 안 된다. 인간이 어떻게 화산의 분화구의 열기 속에서 움직일 수 있단 말인가?

─분명히 화산이 맞는 것 같은데 이상하게 대기에 화기가 강하지 않아.

'화기가 약하다고? 그럼 용암은?'

─용암이 분출하는 건 맞아. 폭발도 일어나니까. 그런데 열기가, 아! 잠깐만. 화기의 상당 부분이 한쪽으로 흘러가고 있어!

가온은 심상치 않은 상황을 감지하고 서둘러 화산의 한쪽 가장자리로 내려왔다.

확실히 이상했다. 분화구 안이 잘 보이지 않을 정도로 뿌연 연기가 올라오고 있는데 이상하게 화기나 열기가 그리 강하지 않았다.

짙은 유황 냄새를 포함하고 있는 화산 가스는 전혀 이상이 없었는데, 화기와 열기가 강하지 않은 것은 확실히 이상했다.

그때 카오스의 급한 의념이 들려왔다.

─여기에 엘프들이 있어!

가능성이 거의 없음에도 이곳을 찾은 가온은 기대감에 곧바로 카오스와 동화를 했다.

가장 먼저 눈에 들어온 건 거대한 공동이었다. 한쪽에는 끓어오르는 커다란 용암호수가 있는 공동의 크기는 직경이 1킬로미터에 높이가 200미터에 달할 정도로 엄청나게 컸다.

'으윽!'

일단 냄새가 아주 지독했다. 유황 냄새부터 시작해서 오래 맡으면 몸이 나빠질 것 같은 유독가스들이었다.

카오스가 말한 엘프들도 보였다. 공동의 중앙 부분에 위치한 용암호수의 주위로 몸에 걸친 것이 거의 없어 가슴은 물론 사타구니까지 드러내고 있는 엘프족들이 땀을 뻘뻘 흘리며 작업을 하고 있는 광경이었다.

엘프족은 워낙 마른 체형이지만 그래도 남녀 구분은 가능했는데 이곳의 엘프들은 제대로 먹질 못해서 그런지 모두 비슷해 보였다.

'다행이야!'

헤벨 등이 알고 있는 것과 달리 생존자가 있었다. 그것도 대충 숫자가 2만 정도는 되어 보일 정도로 많았다.

그들의 말만 듣고 안 찾아봤다가 무슨 일이라도 생겼다면 평생 후회했을 것이다.

엘프들만 있는 건 아니었다. 머리에 뿔이 난 마족들도 보였고 풍기는 마기로 보아 마전사로 보이는 놈들이 작업을 감독하는 것 같았는데 합하면 2천 정도는 되는 것 같았다.

'그런데 무슨 일을 하는 거지?'

동화한 카오스에게 부탁을 해서 그들 쪽으로 접근하자 먼저 이 공간이 특별하다는 사실을 알아차릴 수 있었다.

'희한하군. 자연의 기운이 풍부해. 정령력도 느껴지고.'

놀랍게도 공동의 구석 한곳에는 검게 그을린 것 같은 색깔의 말라비틀어진 나무가 한 그루 있었는데, 죽은 것은 아니었다.

강한 목기와 함께 정령력을 발산하는 것을 보아하니 엘프목인 것 같았다.

'마족들이 엘프들에게 무슨 일을 시키고 있는 거지?'

카오스에 동화한 가온은 용암호수 쪽을 가만히 주시했다.

엘프들은 줄지어 용암호수로 향하다가 마족 사제들의 앞으로 지나면서 어떤 물체를 받더니 용암호수 가장자리에 도착해서 능숙하게 화기를 모아서 그 물체에 주입하기 시작했다.

그리고 그 물체가 붉게 변하다가 선홍색이 되면 뒤로 물러나서 다른 마족 사제에게 주고 비틀거리며 줄의 끝으로 갔다.

제대로 먹지도 자지도 못하는 상황에서 정신은 물론 속성력을 한계까지 집중해서 발휘해야 하는 작업에 혹사당한 엘프족들은 줄을 서서 조금씩 앞으로 이동하는 동안에만 쉴 수 있었다.

-빈 상급 마정석에 화기를 채우는 거야.

카오스의 말을 듣고 보니 맞았다.

'왜 이런 식으로 화기가 담긴 마정석을 만드는 거지?'

이건 카오스에게 묻는 것이 아니다. 너무 궁금해서 떠올린 혼자만의 생각이다.

그런데 가온의 의문을 듣기라도 한 것처럼 한 마족 사제가 대답을 해 주었다.

차아악!

"크윽!"

용암호수의 가장자리에 서서 화기를 모아 빈 마정석을 채우던 엘프 소년 한 명이 마전사의 채찍에 맞아 고통 어린 신음을 지르며 비틀거리다가 하마터면 용암호수로 넘어질 뻔하다가 간신히 몸의 균형을 잡았다.

"이 빌어먹을 엘프 놈아! 이 마정석에 담을 화기는 곧 차원을 건너오실 마신의 분혼께서 힘을 되찾기 위해서 사용하실 물건이니 집중해야 한다고 말했잖아! 어딜 한눈을 팔아!"

용암호수에 빠질 뻔했던 소년이 그 상황에서 손에 꼭 잡고 있었던 마정석의 색깔을 보니 선홍색이 아니라 밝은 붉은색이었다. 아직 나이가 어려서 화기를 다루는 능력이 부족했기 때문이다.

"다시 해!"

등에 길고 깊은 채찍 자국과 함께 피가 뭉글뭉글 흘러나왔지만, 소년은 필사적으로 다시 용암호수의 화기를 모아서 마정석에 주입했고 드디어 선홍색이 되었는데 얼마나 집중했는지 성공한 직후 소년의 다리가 풀려서 그 자리에 주저앉았다.

"그것 봐! 하면 되잖아! 꺼져!"

무심한 얼굴로 상황을 지켜보던 마족 사제가 마정석을 빼앗듯 잡아채더니 손을 옆으로 흔들어서 엘프 소년을 향해 물러나라고 신호했다.

그런데 소년 엘프는 물론 주위에서 긴장한 얼굴로 지켜보던 엘프들의 얼굴에 미미하게 안도의 빛이 떠오르는 것을 보니 다들 끔찍한 일이 벌어질까 긴장했던 모양이다.

'그러고 보니 마신 테라르의 이명(異名)이 지옥화의 마신이었지.'

마신 테라르는 불, 혹은 화기에 특화된 권능을 지닌 것이다. 그런 마신의 분혼이 차원을 넘어와서 특별한 재료로 만든 육체에 깃들게 되면 힘 혹은 권능을 발휘하기 위해서 이곳의 화기를 흡수할 예정인 것이다.

'내가 설산 산맥의 신전 던전에서 분혼의 강림을 저지했다는 소식이 아직 전해지지 않은 건가?'

그건 아닐 것 같았다. 아무리 그곳이 현실과 많이 격리된 곳이라고 해도 소통할 수단이 없지는 않을 테니 다시 분혼의 강림을 실행하려는 모양이다.

가온은 얼마나 오래 이 작업을 했는지 모르겠지만 피골이 상접한 몰골이었다.

대부분 채찍질을 당한 상처와 흉터가 있는 엘프들을 보고 불쌍한 마음이 들었지만 지금은 어쩔 수가 없었다.

'마족 사제와 마전사의 숫자가 너무 많기도 하지만 지금

구출하려고 했다가는 엘프들이 휩쓸릴 수 있어.'

엘프들에게는 미안하지만 아무래도 작업이 끝난 후를 노려야 할 것 같았다.

대략 2시간 후, 드디어 고된 작업이 끝났다.

"앞으로 취침 시간을 1시간 줄인다! 그러니 빨리 수프를 배급받아서 먹고 곧바로 자도록 해!"

양쪽으로 구부러진 뾰족하고 굵은 뿔 두 개가 돋은 마족 사제가 엘프족을 해산을 시키기 전에 말했다.

취침 시간을 줄였다고 말했지만 어떤 엘프도 불만을 토로할 수 없었다.

지금도 곳곳에 마전사들이 눈을 부라리며 그들을 감시하고 있었기 때문이다. 그저 퀭하니 들어간 눈에 원독의 빛이 더욱 강해질 뿐이었다.

지친 엘프족들은 힘없이 비척거리며 늙고 병에 걸린 것 같은 엘프들이 끓인 수프를 배급받기 위해서 수십 곳으로 흩어졌다.

'이제야 작전을 시작할 수 있겠군.'

엘프족을 구출하기 위해서 작업이 끝날 때만 기다렸던 가온이지만 아직은 좀 더 상황을 지켜봐야만 했다.

종일 노역에 시달렸지만 엘프족에게 편하게 잘 수 있는 공간은 따로 없었다.

멀건 죽 한 그릇을 서둘러 마시고는 지칠 대로 지친 야윈 육신을 바닥에 눕힐 뿐이었다.

그나마 같은 일족끼리 모여서 자는 정도는 허락을 했기에 조금은 위안이 되었지만, 서로 대화를 나눌 여유는 없었다. 너무 지쳐서 누우면 곧바로 눈이 감겼다.

그렇게 2만이나 되는 엘프족들이 작업을 마치고 식사를 한 후 잠이 들 때까지 걸린 시간은 불과 20여 분밖에 걸리지 않았다.

그렇게 엘프족들이 잠이 들자 300여 명의 사제와 2천여 명의 마전사들도 휴식에 들어갔다.

물론 그렇다고 해도 3분의 1 정도는 여전히 엘프들을 감시하고 있었고, 나머지는 공동과 연결이 된 또 다른 공동으로 향했다.

가온은 남아 있는 자들을 먼저 처리를 할지 아니면 다른 공동으로 향한 놈들을 따라가서 처리할지 잠깐 고민을 하다가 후자를 따랐다.

엘프족이 있는 공동과 커다란 동굴을 통해서 연결된 공동은 3분의 1 정도 크기였는데, 이곳은 마기가 엄청나게 농후했고 기온이 서늘했으며 용암 가스나 유황 냄새를 전혀 맡을 수 없었다.

내부는 돌을 깎아서 만든 생활 공간이 대부분으로 비슷한 숫자의 사제와 마전사 들이 쉬거나 잠을 자고 있었다.

공동의 중앙에는 마신 테라르의 석상이 서 있었고 바닥과 벽에는 용도를 알 수 없는 마법진도 새겨져 있었는데 마신상과 가까운 곳에는 지붕까지 갖춘 직사각형의 석조 건물 한 채가 있었다.

거주 공간으로 들어온 사제와 마전사 들은 각자에게 배정된 장소로 흩어졌는데, 대사제 한 명은 석상 앞으로 가서 잠시 기도를 드리더니 이내 석조 건물 안으로 들어갔다.

가온은 잠시 고민을 하다가 놈이 들어간 건물로 날아갔다.

가온은 막 건물의 옥상에 착륙하려는 순간 자신도 모르게 날개를 빠르게 흔들어서 그 자리에 멈추었다.

'뭐지?'

뭔가 이상한 예감이 들었다. 어느 순간부터 이런 기분이 들 때는 조심해야만 했다.

가온은 날개가 아니라 공간 이동술로 순간적으로 400여 미터 밖으로 이동했다. 물론 여전히 투명화 스킬을 유지한 상태였다.

그때였다.

파밧!

갑자기 열린 건물의 창을 통해서 마족 세 명이 각기 다른 방향으로 튀어나왔다.

거대한 박쥐 날개를 가진 세 마족은 침입자를 확신한 듯

매서운 눈으로 주위를 쓸어봤지만, 아무것도 없자 고개를 갸웃하더니 다시 안으로 들어갔다.

'내가 접근하는 것을 어떻게 느꼈을까?'

마기의 농도까지 맞추어 방출하고 있었고 딱히 마법진과 같은 것도 감지하지 못했었다.

그런데도 자신이 건물에 접근한 사실을 마족들이 알아차렸다면 다른 특이점이 있을 것이다.

바로 그 이유를 알 수가 없었기에 저 세 대사제의 존재를 무시하고 구출 작전을 시작하려고 했던 가온이 고개를 저었다.

'찜찜해!'

이런 상태에서 아니테라 전단원들을 소환해도 큰 상관은 없지만 자꾸 마음이 걸렸다.

가온은 다시 건물에 접근해 보기로 했다. 대신 한 가지 준비를 더했다. 바로 스킬 강화를 사용한 것이다.

1회성으로 A등급인 투명화 스킬을 S등급으로 높이려면 무려 19만에 가까운 영력이 소모되지만, 영력이 충분한 가온에게는 별문제가 되지 않았다.

그렇게 가온은 S급으로 진화한 투명화 스킬을 사용한 상태에서 투명 날개를 거두고 무음보를 사용해서 일단 석상 쪽으로 이동했다.

이곳의 석상 주위의 바닥에도 알 수 없는 마법진이 새겨져 있었다.

가온은 일단 화기를 이용해서 마법진의 서브 코어 몇 곳을 아예 녹여 버리는 방식으로 훼손해서 작동할 수 없도록 만들었다.

그런 다음에야 건물에 접근한 가온은 혹시 몰라서 안으로 들어갈 생각을 버리고 귀에 마나를 집중해서 청각을 강화했다.

'다행이네.'

혹시 건물 전체에 음파를 차단하는 막을 만들 수 있는 마법진이 있을까 봐 걱정했지만 내부의 소리가 들리기 시작했다.

"……사나흘만 더 작업하면 곧 건너올 분혼께서 힘을 어느 정도 회복할 수 있는 화정석이 만들어질 것 같습니다."

엘프족이 만들고 있는 물건이 바로 화정석인 것 같은데 사나흘 정도 더 작업을 해야 한다니 어쨌든 여유는 좀 있었다.

"설산 산맥으로 파견한 조사대는 소식이 없나?"

"우리가 알고 있는 장소에 도착은 했지만 눈보라가 거셀 뿐만 아니라 이상하게 마기의 농도가 옅어서 수색을 시작하지 못하고 있답니다."

뾰족하고 날카로운 음성이 묻고, 빠르면서도 특이하게 소리의 높낮이가 동일한 자가 대답했다.

가온은 두 목소리의 주인공이 말하는 던전이 바로 마신전이 있던 던전임과 그쪽의 소식이 아직 이곳으로 전해지지 않았다는 사실을 알 수 있었다.

"흐음. 화정석을 빨리 완성해서 분혼께 보내야 하는데 이게 무슨 일인지……. 설인들의 묘역 쪽은?"

"그쪽으로 파견된 수하들이 설인의 묘역이 있는 산은 발견했지만 산 전체가 알 수 없는 방법으로 봉인이 되었으며 주변에는 꽤 많은 발자국이 북쪽으로 이어진 것만 확인했다고 합니다. 남은 발자국의 크기나 모양으로 보아 설인들의 것이었다고 했습니다."

"그렇다면 설인들이 뤼비엘 사도가 이끄는 전력을 처리했다는 건가?"

"설인인지 확신할 수 없지만 뤼비엘 사도님이 이끄는 신도들이 연락할 상황이 아닌 것은 확실합니다."

"……믿을 수가 없군. 마지막으로 연락할 때만 해도 설인 구울 수만 구를 제련한 상태라고 들었는데."

그 말을 끝으로 잠시 아무런 대화도 흘러나오지 않았다가 다시 뾰족하고 날카로운 음성이 들렸다.

"불길해. 아무래도 본계에 다녀와야겠어."

"하지만 그러려면 혈제를 지내야 하는데 지금 엘프들의 생명력으로는 무리입니다."

"그러니 다른 자들을 잡아 와야지."

"일반적인 인간이나 아인종이라면 족히 10만은 필요한데 지금 이곳의 전력으로는 좀⋯⋯."

"닥쳐! 본계에서는 우리를 감히 쳐다보지도 못하는 벌레 같은 놈들이 이곳이라고 우쭐해하는 모습을 더 두고 볼 수 없다. 무리가 되더라도 어쩔 수 없어. 어떻게 해서든 차원을 건너오실 마신의 분혼께서 빨리 힘을 찾게 해 드려야 해. 화정석을 만드는 일이 끝나면 엘프들을 모조리 재워 버리고 근처 도시로 가서 인간들을 닥치는 대로 잡아서 이곳으로 보내. 나는 혈제를 올릴 준비를 하고 있을 테니까. 알았나?"

"네, 사도님!

"알겠습니다!"

사도로 생각되는, 뾰족하고 날카로운 음성의 주인이 강압적으로 다른 두 대사제의 대답을 이끌어 내는 것으로 대화가 일단락되었다.

가온은 이곳에 있는 엘프족은 물론 10만이라는 어마어마한 생명을 아무렇지 않게 제물로 사용하려고 하는 놈들의 대화를 듣고 새삼 마족이 어떤 존재인지 확인할 수 있었다.

'너희들은 확실하게 소멸시켜 주지.'

가온은 그때부터 건물을 중심으로 거대한 소음 차단진을 설치하기 시작했다. 물론 자신의 접근을 감지한 사도의 능력을 고려해서 충분한 크기로 새기기 시작했다.

소음 차단진은 마법진 중에서도 형태나 구조가 단순한 편이어서 어려울 것은 없었다.

마지막 코어에 마정석을 고정하는 순간 마법진은 순조롭게 발동했고 이제 진 밖의 소음은 안으로 전해지지 않을 것이다.

그렇게 소음 차단진을 발동한 가온은 공간 이동술을 펼쳐서 엘프족들이 있는 공동으로 이동한 후 아니테라로 넘어갔다.

아니테라에는 헤벨 일행을 제외한 전단원들이 모두 대기하고 있었다.

가온이 의념으로 명령한 대로 모두 20개의 부대로 편성된 단원들은 이미 타이탄을 소환한 상태였다.

가온은 부대장들을 소집해서 공동의 구조와 적의 배치 상황을 그림과 함께 상세하게 설명한 후 다시 작전 내용을 확인시켰다.

그런 후에 다시 마툰 차원으로 건너와서 공간 이동술을 펼쳐서 빠르게 이동하며 전단원들을 차례로 소환했다.

심력 소모가 엄청난 노역에 시달린 엘프들은 곤하게 잠이 들었고, 그들을 감시하는 마족 사제나 마전사 들 역시 경계심이 낮아진 상태에서 느닷없이 나타난 아니테라 전단원들은 이미 타이탄에 탑승한 상태여서 재빨리 새로운 환경을 파악한 후 움직였다.

"적이다!"

"크아악!"

무기 부딪히는 소리와 비명 그리고 고함이 공동 곳곳에서
터져 나올 때 가온은 이미 거신상이 있는 공동 안으로 이동
한 상태였다.

이곳에서도 빠르게 이동하면서 남은 열두 부대를 소환한
가온이 마지막으로 향한 곳은 바로 중앙의 석조 건물이었다.

벌써 소환된 타이탄들이 마나 증폭을 이용해서 마족 사제
와 마전사 들을 공격하고 있어 순식간에 난리가 났지만, 가
온이 미리 설치해 둔 소음 차단진의 효과 덕분에 건물 안에
있을 사도와 두 대사제는 아직 아무런 움직임도 없었다.

가온은 아나샤와 함께 오랜만에 아틀라스를 소환하고 아
나샤의 준비가 끝나자 소음 차단진을 해제했다.

아나샤는 소환되자마자 가온이 말한 대로 석조 건물을 기
준으로 반경 300여 미터의 공간을 신성 영역인 홀리필드를
구축했다.

가온은 아나샤에게 마신 테라르의 사도와 두 사제가 제대
로 능력을 발휘할 수 없도록 디버프 효과가 있는 홀리필드만
계속 유지해 달라고 부탁을 했었다. 사도와 두 사제는 자신
과 아틀라스의 몫이다.

–마스터, 이번엔 따로 움직이는 겁니까?

독자 기동을 할 거라고 전혀 생각하지 못했는지 아틀라스가 잠깐 어리둥절한 얼굴로 물었다.

'그래. 상대는 고위급 마족이니까 처음부터 최선을 다해야 할 거야. 일단 건물부터 부숴!'

-명심하겠습니다!

아틀라스는 대검에 오러 블레이드를 생성하더니 대뜸 건물을 향해 날려 보냈다.

꽈아앙!

5미터에 달하는 거대한 오러 블레이드가 건물을 강타하는 순간 엄청난 폭발이 일어났는데, 놀랍게도 건물의 벽만 부서졌을 뿐 뼈대는 그대로 남았고 검붉은 갑주를 착용한 마족 세 명이 튀어나왔다.

'보호막과 비슷한 것이 건물을 방호하고 있었군.'

체고가 무려 15미터에 이르는 거대한 아틀라스를 확인한 마족들은 순식간에 몸을 부풀렸는데 적어도 키가 10미터는 될 것 같았다.

놈들은 아틀라스의 대검에 생성된 거대한 오러 블레이드를 보더니 바로 박쥐 날개를 펼쳐서 위로 날아올랐다.

하지만 공동의 높이가 불과 40여 미터에 불과해서 높이 날아오르지는 못했다. 게다가 홀리필드가 구축된 상태라 두 대사제의 경우 마기를 마음대로 운용하기가 힘들었는지 체공을 하다가 균형을 잃고 흔들리는 모습을 보였다.

뿔이 무려 세 개나 되어 마왕에 근접한 것으로 추정되는 사도는 체공한 상태로 마기를 폭발적으로 발산해서 공간을 가득 채운 신성력을 밀어냈고, 그 덕분에 두 대사제는 안정적으로 체공할 수 있었다.

그 상태에서 사도가 막 마법을 발현하는 순간 두 대사제는 가온의 동체 시력을 초월한 빠르기로 비행을 하면서 아틀라스를 향해서 손톱 끝에서 검은 기운을 뭉친 탄환을 발출했다.

아틀라스가 아주 짧게 멈춘 순간 스무 개나 되는 검은 탄환이 아틀라스의 동체 곳곳을 강타했다.

가온은 사도가 경직 마법을 건 순간을 정확하게 노려서 마나탄과 비슷한 스킬을 발동한 두 대사제의 공격을 보고 이들이 합격에 능하다는 점을 확인했다.

하지만 아틀라스의 능력은 일반 타이탄과 달랐다. 순간적으로 전신에 막이 생성되더니 마기탄들을 튕겨 냈다.

'사도부터 잡아야 해!'

사도와 두 대사제는 아직 가온의 존재를 감지하지 못한 상태였다. 능력이 부족한 것이 아니라 경황이 없어서 아직 감지하지 못했다고 보는 것이 맞을 것이다.

가온은 일단 무형인을 만들어서 사도와 멀리 떨어진 곳으로 날렸다. 염력으로 조종이 가능하기에 굳이 감각이 예민한 사도를 곧바로 노릴 필요가 없다고 생각했다.

'아틀라스, 가장 강력한 공격기를 써!'

─네, 마스터!

가온의 명령에 아틀라스가 대검을 눈이 좇을 수 없을 정도로 빠르게 휘두르자 일순간 20여 개에 달하는 오러 블레이드가 세 마족을 향해 빠르게 날아갔는데, 도망칠 구석을 주지 않겠다는 듯 그물망을 형성하고 있었다.

"막아!"

세 마족도 거대한 오러 블레이드가 날아오는 것을 보는 순간 위험을 감지하고 방어막을 만드는 것과 동시에 빠르게 날았다.

사도는 간발의 차로 오러 블레이드의 그물망 위 상공으로 날아올랐고, 두 대사제는 그럴 여유가 없었는지 손톱 형태의 오러 네일을 생성하고 빠르게 휘둘러 쇄도하는 오러 블레이드를 쳐 내려고 했다.

그때 가온이 공간 이동술을 사용했다.

스윽!

사도의 지척에 나타난 가온의 손바닥이 놈의 한쪽 날개를 가볍지만 빠르게 쳤다.

"커헉! 누, 누구냐?"

사도는 뭔가 날개에 닿는 순간 엄청난 힘이 침투해서 한쪽 날개의 뼈와 근육 그리고 신경까지 갈기갈기 찢어 버리는 것을 느끼고 대경실색해서 순식간에 30여 미터 밖으로 이동했다.

'역시 사도라는 거군.'

가온은 자신과는 다르지만 점멸 마법을 효과적으로 사용해서 추가 공격을 피하는 사도를 보고 약간 감탄을 했다.

하지만 가온의 추가 공격은 침투경이 아니었다.

사악!

어느 틈에 사도에게 날아간 무형인이 성한 날갯죽지를 순식간에 갈라 버렸다.

마기로 이루어진 보호막은 영력으로 만든 세 개의 날을 전혀 막아 내지 못했다.

그렇게 한쪽 날개가 잘리는 순간 사도는 다른 방향으로 50여 미터 떨어진 곳으로 순간 이동을 했다. 그리고 눈에 흰자위가 사라지고 혈광이 번뜩였다.

"거기구나!"

비기를 사용했는지 사도는 가온이 있는 곳을 정확하게 쳐다보았고, 마침 자신을 향해 쇄도하는 무형인을 정확하게 인지하고 또 다른 방향으로 30미터 정도 순간 이동했다.

'날개부터 처리해서 기동력을 뺏으려고 했는데 실패군.'

사도가 점멸 마법을 이렇게 능숙하게 사용할 수 있다는 사실을 알았더라면 굳이 침투경이나 무형인을 사용하지 않았을 것이다. 가온의 입장에서는 아주 좋은 기회를 놓친 것이다.

사도는 무서운 속도로 다시 날아오는 무형인을 정확하게 인지하고 다시 순간 이동을 하면서 마기탄을 화살처럼 쏘아 대기 시작했다.

시커먼 마기탄은 가온의 마나탄과 다를 바가 없었지만 마치 살아 있는 것처럼 서너 개가 포위를 하듯 날아왔고 그 뒤편에도 수십 개의 마나탄이 날아오는데 어느 곳으로 이동해도 쫓아올 것 같았다.

'젠장!'

무형인은 하나인데 상대의 마기탄은 수십 발이나 되니 이대로 피하기 시작하면 안 될 것 같았다.

빗발처럼 자신을 향해 날아오는 마기탄에 등골이 서늘했지만 가온은 혼자가 아니었다.

"홀리실드!"

뒤로 물러나서 홀리필드를 유지하는 데 전념하고 있던 아나샤가 가온의 몸 주위로 신성력으로 만든 방패를 네 개 만들어 준 것이다.

꽝! 꽝! 꽝!

신성력으로 만들어진 만큼 신성 방패들은 수십 발의 마기탄이 직격했지만 조금 흐릿해졌을 뿐 사라지지는 않았다.

다행히 사도는 더 이상 마기탄을 발출하지 못했다. 마나를 증폭한 아틀라스가 빠르게 이동하면서 마족들이 있는 지점을 중심으로 광범위한 공간으로 연신 오러 블레이드를 날리고 있었다.

마기 보호막은 만들기가 무섭게 오러 블레이드에 부서져 버려 계속해서 만들어 내는 데 집중해야만 했다.

점멸 마법은 방향과 거리를 설정할 수 없기 때문에 지금처럼 광범위한 공간을 오러 블레이드가 가득 채우고 있는 상황에서는 사용할 수가 없었다.

마기탄이 방패들을 직격하는 순간 가온은 가장 최근에 획득한 성화구로 끝장을 보기로 마음을 먹었다.

'공간 이동!'

사도가 잠깐 아틀라스가 연속해서 날린 오러 블레이드를 막거나 피하는 데 주의를 집중한 순간 가온이 놈의 뒤쪽에 나타났다.

"성력!"

그렇게 소리친 사도의 몸이 흩어지는 것처럼 입자화되었다. 공간 이동한 가온의 손이 잘린 날개가 돋아난 등과 가까워지는 순간 즉각 신성력을 감지한 것이다.

'늦었어!'

"타임 슬로!"

오랜만에 사용하는 타임 슬로 마법으로 사도의 움직임을 늦춘 가온의 손바닥은 이미 사도의 등 중앙, 아니 먼저 보호막에 닿았다. 그리고 그 손바닥에서 사도는 물론 그 주위까지 모조리 삼켜 버릴 거대한 백색의 신성한 화염이 방출되었다.

츠즈즈즈.

"끄아아아아악!"

점멸 마법은 물론 혹시 모를 상대의 권능을 우려한 가온이 신성력을 무려 1천만이나 들여서 만든 성화구의 화염에 보호막은 순식간에 녹아 버렸고 날개 역시 바로 타 버렸다. 그리고 입자화되고 있던 사도의 몸은 거대한 백색의 화염에 휩싸였다.

까가가강!

보호막을 몇 겹으로 두르고 오러 네일로 검막을 만들어서 줄지어 날아오는 오러 블레이드를 쳐 내던 두 대사제는 강렬한 고열과 막대한 신성력에 자신도 모르게 위를 쳐다봤다가, 백색의 거대한 화염이 사도의 몸을 집어삼키는 모습을 보고 너무 놀라 순간적으로 흔들렸다.

"메혼 님!"

"어, 어떻게 이런!"

아틀라스는 그 순간을 놓치지 않았다.

날개를 이용해서 마치 공간 이동을 하듯 단숨에 30미터의 거리를 이동한 아틀라스의 오러 블레이드가 키가 작은 대사제의 머리를 수직으로 베어 버렸다.

그 순간 자신 역시 성화구에 휩싸인 가온의 손가락에서 탄환 크기의 성화구가 음속을 능가하는 빠르기로 다른 대사제를 향해 날아갔다.

츳! 화르륵!

마기로 이루어진 보호막은 순식간에 녹아 버렸고, 성화구가 대사제의 머리에 닿는 순간 머리가 순식간에 가루가 되어 흩어졌다.

신기한 건 머리를 태워 버린 성화구가 직진하지 않고 마기를 따라 아래로 내려가면서 대사제의 몸을 빠르게 태워 버렸다는 사실이다.

이건 물리적인 법칙을 완전히 무시한 움직임이어서 가온도 깜짝 놀랐다.

가온이 사도가 완전히 불타 버렸음을 인지했을 때 아래로 떨어지는 두 가지 물건을 볼 수 있었다.

빠르게 이동하며 두 물건을 손에 쥔 가온은 그것들이 마신의 상이 양각된 팔찌와 거대한 영석이라는 사실을 확인했다.

'마기를 흡수하지 못한 것이 좀 아쉽지만 성공했네.'

그렇게 생각하는 순간 익숙한 안내음이 들려왔다.

그렇지만 가온은 안내음에 집중할 수 없었다.

가온은 성화구를 사도의 등에 대고 염력으로 방출한 순간부터 심안을 발동한 상태였다. 성화구가 어떤 위력을 발휘하는지 확인하고 싶었기 때문이다.

그런데 뜻하지 않게 전혀 예상하지 않았던 것을 볼 수 있었다. 방금 전까지 사도가 있었던 공간에서 희끄무레한 작은 형체가 보였다.

'설마 사도의 영혼인가?'

이런 식으로 심안을 유지한 건 처음이라서 그런지 그동안 모르고 있었던 심안의 숨겨진 효과를 확인한 것이다.

하지만 영혼은 아닌 것 같았다. 아주 작기는 하지만 사도와 동일한 외양을 하고 있었다.

가온은 이것이 사도의 분혼일 가능성이 높다고 생각했다.

'분명 마왕급이었어.'

마신이나 마왕은 소환진이나 고차원의 마법진 혹은 던전이나 포탈을 통해서 차원을 이동할 수 있는 일반 마족과 달리 강대한 힘 때문에 오히려 차원의 경계를 통과할 수 없기 때문에 분혼을 만드는 방식으로만 차원을 넘나들 수 있다고 했다.

물론 각 차원에 존재하는 모종의 힘 때문에 차원을 건너온 마족들도 오랫동안 자신의 능력을 마음껏 발휘할 수 없는 페널티가 있지만, 분혼의 경우 적당한 육체를 찾아서 깃들어야 하는 과정과 힘을 찾는 과정이 더 필요했다.

그리고 그건 이른바 신들의 경우도 마찬가지였다. 범우주적인 시스템을 구축하기 위해서 능력 대부분이 봉인된 것이나 다름없는 신들 역시 다른 차원으로 건너갈 수 없어서 빙의 방식으로 아주 잠깐 강림할 수밖에 없었다.

사도의 분혼은 빛처럼 빠른 속도로 가온의 시선에서 사라지려고 했지만 가온은 공간 이동술과 염력을 사용해서 놈을 붙잡았다.

　-제발 살려 줘! 다신 마툰 차원에 오지 않을게!

　역시 분혼이 맞았다. 의념을 보내는 것도 그렇고 분혼 상태에서도 꽤 높은 능력을 발휘할 수 있는 것 같았다.

　'마계나 마신들에 대한 정보가 필요했는데 잘됐네.'

　가온은 잠깐 앙헬과 나가족 퀸인 예하의 권능인 정신 지배에 꽂힌 적이 있었다.

　그래서 그 당시 갓상점에서 찾아봤는데 등급에 따라 다르지만, S급일 경우 무려 1천만 포인트나 되어서 포기한 적이 있었다.

　'지금 내가 보유한 포인트라면 부담 없이 구입할 수 있어!'

　가온은 즉시 갓상점에 접속해서 정신 지배 스킬을 구입했다.

　그런데 내용을 살피다 보니 잘못 구입한 것 같았다.

　S등급으로는 마왕급의 영혼은 지배할 수 없었다. 사도의 분혼을 지배할 수 없다면 원하는 정보를 빼내려는 건 불가능했다.

　그런데 바로 위쪽에 있는 스킬이 눈에 걸렸다.

　'영혼 흡수?'

　내용을 살펴보니 흔히 성불이라고 표현하는 현상, 즉 영혼이 파동으로 변해서 우주의 파동에 흡수되기 전에 포획해서 흡수하는 스킬이었다.

그런데 그 효과가 놀라웠다. 포획해서 지배한 영혼이 가지고 있는 기억이나 지식의 일부 혹은 전부를 이전받거나 날려버릴 수 있었다.

다만 흡수라는 단어가 있지만 영혼 자체를 흡수하는 건 아니다. 그저 영혼이 살면서 습득한 지식이나 기억 혹은 능력의 일부를 흡수하는 것이다.

영혼 그 자체는 우주의 파동에 흡수되어 사라진다.

'하지만 영혼 흡수 스킬을 사용하면 영혼을 정화해서 영혼이 떠난 육신에 집어넣어서 부릴 수 있지.'

아무리 살펴봐도 사특한 부분은 없었다. 사령술은 아니라는 얘기였다.

'좋아!'

가온은 등급을 놓고 고민을 하다가 정신 지배와 마찬가지로 S등급으로 동일한 포인트를 사용해서 영혼 흡수 스킬까지 구입했다.

물론 흡수해서 정화한 영혼을 보관할 수 있는 영혼 주머니까지 동일한 포인트로 구입했다.

'스킬 강화를 하면 영력 100만으로 SS급처럼 사용할 수 있어!'

구입을 했으면 바로 써 보는 것이 진리다. 가온은 사도의 분혼을 대상으로 강화한 영혼 흡수 스킬을 발동했다.

-제발! 놓아 주신, 크아악! 저즈으우…….

사도의 분혼은 잠시 저항을 했지만 SS급 위력을 가진 스킬에 의해서 파장으로 변하면서 가온의 영혼 파장에 흡수되기 시작했다. 그리고 분혼이 가진 기억과 지식이 밀물처럼 머릿속으로 전해지고 있었다.

'이 부분까지는 필요 없고, 그래 이 부분까지는 저장하자.'

가온은 마치 영화 필름을 보면서 잘라내는 것처럼 이름이 메혼이라는 사도의 기억과 지식을 골라서 저장했다.

그렇게 사도의 분혼으로부터 필요한 기억과 지식을 모두 흡수한 후에 정화시키고 영혼 주머니에 집어넣었다.

그렇게 전장에 어울리지 않는 정신적인 작업을 하는 가온을 아나샤와 아틀라스가 호위를 하고 있었다.

가온은 분혼의 기억과 지식을 대충 훑어보고 나서야 정신을 차렸다. 그만큼 흥미로운 내용이 많았다.

'정신 지배는 아직 모르겠지만 영혼 흡수 스킬과 영혼 주머니를 구입한 건 잘했네.'

마왕급에 근접하는 능력을 가진 마신 테라르의 제2사도인 메혼은 다른 사제들보다 늦게 마툰 차원에 분혼 상태로 건너왔지만, 그래도 마신 테라르에 대한 정보는 물론이고 다른 마신의 추종자들에 대한 정보도 많이 가지고 있었다.

'아! 지금 이럴 때가 아니지.'

가온이 정신을 완전히 차린 것은 엘프족이 노역을 하던 공동 쪽에서 달려오는 아레오의 모습을 봤기 때문이었다.

일단 자신을 호위하고 있는 아틀라스부터 챙겼다.

'수고했어! 원하는 게 있으면 언제든 의념을 보내!'

─다른 건 없습니다. 아! 이젠 제 파트너들과 함께 움직이고 싶습니다.

'알았어. 그건 곧 조치를 할게.'

가온은 그렇게 대답을 하고 아틀라스를 전용 아공간으로 보냈다.

사도와 대사제 둘을 동시에 상대할 정도의 전투력을 지닌 아틀라스를 더 이상 방치하는 건 안 될 일이다.

더구나 아틀라스는 에너지 이변과 상관이 없는 타이탄이고 오늘처럼 독자 기동까지 가능하니 이곳에서는 최대한 자주 불러내는 게 좋을 것 같다.

그러니 황비 타이탄 세 기도 놀리면 안 된다. 한 기야 당연히 모둔이 주인이 되었지만, 나머지 두 기도 빨리 주인을 정해서 제대로 활약을 할 수 있도록 해야 했다.

그동안 혼자 고민을 많이 했고 모둔이나 아레오 그리고 아나샤와도 얘기를 해 봤는데 후보는 세 명이었다.

한 명은 당연히 엘프족 하이엘프이자 아니테라 전단의 전단장인 시르네아다.

그녀라면 기존의 엘프들은 물론이고 이곳에서 구한 엘프 족까지 모두 아우를 수 있는 신분과 능력을 지니고 있어서 최우선 대상자였다.

다른 한 기의 주인이 문제인데 모든은 예하를, 아레오와 아나샤는 스노족의 헤르나인을 추천했다.

아레오와 아나샤가 예하를 부적합하다고 생각하는 이유는 간단했다.

나가라자이기 때문에 언제든 육체를 거대화할 수 있는 예하는 타이탄이 아니더라도 충분히 막강한 전투력을 발휘할 수 있었기 때문이다.

문제는 황비 타이탄이 가지고 있는 상징적인 의미였다.

아직 모든을 제외하고는 황비 타이탄이 가지는 의미를 모르지만, 나중에는 자연스럽게 알려질 텐데 나가족을 이끄는 예하나 스노족을 이끄는 헤르나인 중 한 명이 크게 실망을 하게 될 것이 분명했다.

거기까지 생각하고 있을 때 아레오가 달려오면 외쳤다.

"온 랑, 대승이에요! 대승!"

대승이라는 말에 은근히 피해가 클까 봐 마음을 졸였던 가온도 마음이 편안해졌다.

"피해가 전혀 없는 거야?"

"전혀는 아니에요. 중경상자들은 마법으로 모두 치료했는데 전투 경험이 별로 없는 전사 네 명과 전투에 휘말린 엘프족 열다섯 명이 사망했어요."

그 정도면 수백 명의 마족 사제와 수천 명의 마전사를 상대한 것치고는 피해가 거의 없다고 할 수 있지만 그래도 가온의 안색은 좋지 않았다.

'압도적인 전력을 동원해도 피해가 나오는군.'

자신의 식구를 잃기 싫다는 생각에 전투를 할 때마다 차고 넘칠 정도의 전력을 동원하지만 피해가 전혀 없는 경우는 많지 않았다.

'실전 경험이야 어쩔 수 없지만 기본 실력을 더 강하게 만드는 수밖에.'

차원석에서 원하는 에너지를 방출하도록 만드는 흡발석도 충분히 확보했으니 충분히 가능한 일이다.

가온이 그런 생각을 하고 있을 때 두 여인의 뒤쪽으로 시르네아를 비롯한 전단의 부대장들이 보고를 위해서 달려오고 있었다.

나무 요정 아르보르

이번 전투에 대해 보고를 받은 직후 가온은 먼저 보상부터 확인했다.

'호오! 대물이 맞았네.'

레벨이 무려 7이나 상승했고 신성력은 무려 3천만을 획득해서 이제 보유한 에너지 중 가장 양이 많았다. 음양기의 두 배가 넘을 정도였다.

'지금의 신성력이라면 정말 성자로 자처해도 되겠네.'

그것만이 아니다. 사도의 영혼을 흡수해서 그런지 지력과 집중력 그리고 관찰력이 대략 300 정도씩 증가했다.

'거기에 심장의 마정석이 더 커진 것 같아.'

마지막으로 확인한 아이템도 무척 마음에 들었다.

'이 날개 때문에 마족을 상대하기가 힘들었는데 잘됐네.'

가온은 곧바로 접힌 상태의 날개를 등에 댔는데 날개는 마
치 액체처럼 변해서 그의 등으로 흡수되었다.

'아!'

이럴 때가 아니다. 카마 대수림에서 엘프를 발견했다는
소식을 듣고 잔뜩 몸이 달아 있을 헤벨 일행을 소환해야만
했다.

너무 흥분할까 봐 이번 작전에서 배제되었던 헤벨을 비롯
한 엘프족 전사들은 소환된 순간 미친 사람처럼 좋아서 날뛰
었고 얼마 지나지 않아서 가족과 일족을 찾기 시작했다.

나중에 확인된 내용에 따르면 이곳에서 화정석을 만들고
있던 엘프들은 카마 대수림의 전 지역에서 잡혀 온 것이었다.

그래서 헤벨 등 500명의 엘프 전사들과 깊은 연관이 있는

이들은 5천여 명밖에 없었다.

그렇게 22개 부족이 가족이나 친지를 만나서 회포를 풀었는데, 속성력을 다루지 못하는 노약자는 모두 학살당했다는 말을 듣고 너 나 할 것 없이 눈물을 흘리며 슬퍼했다.

그들의 경우 이미 가온의 권속이 된 헤벨 등에 의해서 충분한 설명을 듣고 아니테라로 이주하기로 했지만, 나머지 엘프들의 선택은 다양했다.

비록 가온에 의해서 구출되었지만 바로 인간의 권속이 되는 과감한 선택을 한 엘프는 헤벨 등과 관련이 있는 5천여 명에 불과했다.

나머지는 세계수를 걸고 언젠가 반드시 은혜를 갚겠다고 맹세를 했지만 가온의 권속이 되는 것을 거부했다.

더구나 이곳에서 노역을 하던 엘프 대부분은 성년이거나 성년에 가까워서 나름 자신의 전투력에 자신감도 있었고 곁에 의지할 일족도 있어서 그런 선택을 한 것이다.

물론 가온은 그들의 선택을 존중했다. 굳이 그런 이들까지 설득해서 아니테라로 받아들이고 싶지는 않았기 때문이다.

'선택에 따른 결과는 책임을 지겠지.'

구출된 엘프족들은 혹시 일족이 살아 있을지도 모른다는 생각에 급하게 공동을 빠져나갔고 가온은 고생한 전단원들에게 치하를 한 후 모두 아니테라로 보냈다.

그렇게 혼자 남았지만 아직 할 일이 남아 있었다.

'화정석을 찾아야 해.'

분혼을 위해서 준비한 화기를 담은 마정석은 그 자체로도 훌륭한 무기로 사용할 수 있었다.

엄청난 양의 화기가 농축된 상태로 들어 있는 마정석은 충격에 약해서 마치 수류탄처럼 사용할 수 있었다.

목표에 투척하는 것만으로도 일정한 공간을 초고열을 뿜어내는 화염으로 가득 채울 수 있어 활용도도 아주 높았다.

하지만 사도와 두 대사제가 지냈던 건물 안을 샅샅이 뒤져 봤지만 나오는 것이 전혀 없었다.

'설마 성화구에 모조리 타 버린 건가?'

자신도 놀랄 정도로 성화구의 위력이 너무 강력해서 그런 생각도 들었다.

마왕급에 근접한 사도가 아야 소리도 내지 못하고 순식간에 재가 되어 버릴 정도였으니 말이다.

카오스를 비롯한 정령들에게도 부탁을 해서 두 공동을 샅샅이 뒤졌지만 화정석은 발견할 수 없었다. 대신 난리 통에도 무사했던 나무가 눈에 들어왔다.

'엘프목치고는 생김새가 이상하지만 이곳에 놔두면 안 되겠다.'

희한한 것은 엘프들이 이 나무의 정체를 모른다는 점이다. 누구도 이 나무를 언급하지 않았던 것이다.

하지만 영혼을 흡수해 버린 사도의 기억에 이 나무도 있었다. 엘프들을 효과적으로 부리기 위해서 카마 대수림 중앙에 자라던 이 나무를 이곳으로 옮겨 심었다.

다른 나무에 비하면 굉장히 큰 편이지만 엘프목이나 세계 수는 아니다. 일단 외관부터 말라비틀어진 상태라서 생기도 부족하고 잎도 거의 찾아보기 힘들었다.

'그래도 정화 능력은 엄청나게 강하네.'

왜 이 공동만 정령력과 자연지기가 풍부했는지는 알 수 없지만 엘프들이 용암호수에서 방출되는 유독가스에도 불구하고 살아남은 것은 이 나무가 정화를 시켜 준 덕분이다.

'그동안 엘프들을 돌보느라 고생했어!'

가온은 나무줄기를 붙잡고 마음을 담아서 토닥였다. 그리고 아공간을 열어서 예전에 넣어 두었던 삽을 꺼내려고 했다. 마법을 쓰기엔 나무의 상태가 안 좋아서 조심해서 파내야 할 것 같았다.

그때였다.

─고마워요. 숲의 아이들이 내게 고마워하지 않았어도 섭섭하지 않았지만, 그래도 이렇게 인정을 받으니 너무 행복하네요.

온유하고 따듯한 느낌의 의념이 전해졌다.

'혹시 너 정령이니?'

─전 대수림에서 태어나고 자란 나무 요정이에요.

'그런데 요정계의 요정이 아니라 이 세계에서 태어난 요정

인 거지?'

―맞아요.

그렇다면 카오스나 녹스와 같은 존재라고 할 수 있다. 그들 역시 정령이지만 정령계 출신이 아니었기 때문이다.

'이 차원에는 너와 같은 존재들이 많니?'

―잘 모르겠어요. 한 번도 못 만났거든요. 오래전에 제 존재를 발견하고 한동안 같이 지냈던 하이엘프를 제외하고 제게 말을 걸어 준 사람은 당신이 유일해요.

'태어난 지 얼마나 되었는데?'

―시간에 대한 개념이 없어서 잘 모르겠어요. 다만 제가 저라는 존재를 처음으로 인식했을 때는 카마 대수림에 엘프 연합이라는 것이 있었어요.

'엘프 연합?'

―네. 그때 대수림에는 엘프가 굉장히 많았어요. 가끔 찾아오는 인간들이 엘프 연합을 카마 제국이라고 부르기도 했어요.

'그래?'

엘프 연합이나 카마 제국이라는 단어를 듣지 못했으니 적어도 몇십 년 전은 아닐 것 같았다.

―하이엘프의 말에 의하면 저와 같은 종족은 사라진 지 오래되었다고 했어요.

그럼 고대에 마툰 차원에는 자생 요정족이 있었다는 얘기였다.

'내가 아니테라라고 부르는 세상에서 사는 건 어떻게 생각해?'

─그곳은 어떤 곳인가요?

'내 영혼과 연결된 일종의 차원 아공간이야. 그곳에 너와는 좀 다르지만 엘프목들도 있고 세계수도 한 그루 있어.'

─저와 당신처럼 대화를 나눌 친구도 있을까요?

'당신이 아니고 가온이야.'

─이름이 가온이군요. 저는 아이라고 해요.

'아이?'

시스템이 제대로 번역을 하는 건지 모르겠다. 아이라는 이름을 가진 건지 아니면 누군가 어려서 아이라고 부른 건지.

─한동안 제 친구가 되어 주었던 하이엘프가 절 아이라고 불렀어요.

그렇다면 어린아이라는 의미다.

가온은 나무의 요정에게 자신의 생각을 말해 주고 자신이 이름을 지어 주고 싶다고 했다.

─좋아요! 제게 이름을 지어 주세요!

의념에서도 좋아하는 감정이 가득했다.

'아르보르라는 이름은 어때? 내 본신이 살고 있는 지구라는 차원에서 오래전에 사용했던 언어로 신에게 바친 나무라는 뜻이야.'

―아르보르. 뜻은 맘에 들지 않지만 어감이 무척 좋아요.
마음에 들어요!

어감까지 아는 것을 보면 지능은 물론 자의식이 꽤 높은
것 같았다.

'대화를 하다가 말이 옆으로 샜는데 나와 계약을 하겠니?'

―할게요.

나무에 깃들어서 이동할 수 없는 요정이라면 사실 굳이 계
약을 하지 않아도 되지만 왠지 보살펴 주고 싶다는 생각이
들었다.

가온이 막 계약의 내용을 말해 주려고 했을 때 갑자기 나
무가 거세게 흔들렸다.

그리고 나뭇가지들이 줄기 안으로 들어가고 크기가 줄어
들더니 이내 짙은 고동색의 몸통에 피부가 무척 거칠고 이목
구비가 제멋대로인 얼굴을 가진 아이, 아니 소녀로 변했다.

주름으로 보일 정도로 피부 상태가 좋지 않고 균형을 잃은
이목구비로 인해서 기괴해 보이는 외양을 가진 존재가 소녀
인 건 땋은 머리와 얼마 남지 않은 잎을 얽어서 두른 치마를
보고 알았다.

비록 외모는 무척 흉했지만 가온은 아르보르가 엘프족들
을 위해서 이 모습이 될 때까지 마기와 유독가스를 정화했다
는 사실을 잘 알기에 되레 사랑스럽게 보였다.

그런 가온의 생각이 눈빛이나 태도에서 드러난 것인지 처

예지몽으로
히든랭커

음 변신했을 때만 해도 어딘지 긴장한 것 같았던 아르보르가 활짝 웃었다.

"이제 계약해요!"

아르보르는 의념에서 느껴졌던 온유하고 따뜻한 느낌이 고스란히 묻어 나오는 목소리를 가지고 있었는데 처음 듣는 언어였지만, 시스템의 도움으로 바로 통역이 되었다.

가온은 아르보르와 귀속 계약을 한 후 그녀를 데리고 아니테라로 건너갔다.

가온은 전단 본부로 건너갔지만 시간 차 때문인지 전단원들은 이미 각자의 집으로 돌아간 상태였다. 게다가 시간도 이미 해가 지고 있어 다른 곳을 둘러보기도 애매했다.

가온은 결국 아르보르를 데리고 집으로 향했다. 어떻게 해 주어야 할지 몰랐기 때문이다.

"어멋! 네가 아르보르구나! 너무 귀엽다!"

가장 먼저 둘을 반긴 사람은 모둔이었는데 헤라 중 한 명은 아니테라에 남아야 한다고 자신들끼리 정한 약속 때문에 전투에는 참가하지 못했다.

그래도 가온과 영혼이 이어져 있어 마음만 먹으면 마툰 차원에서 일어난 일을 모두 알 수 있었다.

"안녕하세요. 그런데 누구세요?"

"나는 네 마스터의 부인이란다. 모둔이라고 해."

"아! 인간은 배우자가 있다고 했는데 마스터의 배우자시군요. 아르보르예요."

"반가워. 그리고 아니테라에 잘 왔어. 그런데 너 목인족이구나!"

"목인족?"

아르보르는 처음 듣는 단어인지 어리둥절할 뿐이었다.

"목인족이라는 아인종도 있어?"

가온도 흥미가 돋았다.

"네, 온 랑. 마툰 차원은 모르겠지만 환계라고 분류되는 차원에는 다양한 아인종이 존재한다고 해요. 목인족은 그런 아인종 중에서도 전설적인 존재인데 본인의 의지에 따라서 나무 요정과 인간 두 가지 형태로 살 수 있어요. 다만 워낙 희귀한 종족이라서 그 외의 내용은 거의 알려지지 않았어요."

그런 아인종이 있는 줄은 정말 몰랐지만 차원만 해도 환계, 물질계, 마계, 선계 등 다양하니 목인족이 존재하는 것도 크게 이상한 건 아니다.

아래층에서 나는 소리에 내려온 아나샤와 아레오도 아르보르를 보고 무척 신기해하는 한편 반가워했다.

모둔과 달리 두 사람은 미리 아르보르의 존재를 알고 있었던 것은 아니지만, 두 사람은 심안까지는 아니더라도 내면의 아름다움을 볼 정도의 눈은 있었다.

처음 봤을 때만 해도 말라비틀어진 나무였던 아르보르는 인간형으로 변신한 상태에서 곡물은 물론 고기까지 섭취했다. 다행히 가리는 것이 없었다.

그렇게 저녁 식사까지 마친 후에야 가온은 아르보르를 세계수인 엘라에게 데려다주었다. 아르보르가 아니테라에 가면 가장 먼저 엘라를 보고 싶다고 했기 때문이다.

─가온 님, 오랜만이에요!

'시간이나 노력이 많이 들어가야 할 차원 의뢰를 받았거든. 잘 지냈지?'

─이곳은 저와 같은 존재에게는 천국이나 다름없어요. 항상 감사해하고 있어요.

'잘 지내는 것 같아서 다행이네. 새로운 엘프족이 많이 왔으니까 신경을 좀 써 줘.'

세계수는 엘프족에게는 힘의 근원이자 든든한 의지처다. 그건 지금까지 경험한 차원에서는 공통적인 사실이었다.

─안 그래도 심신을 안정시키는 향을 발산하고 있어요. 그런데 옆에는, 어멋! 나무의 아이다!

미처 소개하기 전에 엘라는 아르보르가 목인족이라는 사실을 알아차렸다.

엘라의 가지 하나가 부드럽게 내려와서 마치 손처럼 아르보르를 이리저리 만지더니 나중에는 아르보르를 들어 올려 줄기 쪽으로 끌어갔다.

아르보르는 당황할 만도 한데 조금 이상하단 표정을 지으며 엘라가 마음대로 하게 놔두었다.

얼마 후 엘라가 흥분이 물씬 묻어 나오는 의념을 보냈다.

-부탁이 있어요.

'무슨 부탁인데?'

-한동안 아르보르와 함께 지내고 싶어요. 가르쳐 주고 싶은 것이 참 많아요. 어려서 혼자가 되었는지 목인족의 특별한 능력에 대해서 잘 모르고 있는 것 같아요.

가온은 바로 대답하지 않고 아르보르에게 의념을 보냈다.

'아르보르, 넌 어떻게 생각해?'

-저와 같은 목인족이 더 있는지는 알 수 없지만 마스터가 허락해 주시면 엘라 님에게 많은 것을 배워서 마스터께 도움이 되고 싶어요.

'그럼 그렇게 해.'

가온이야 허락하지 않을 이유가 전혀 없었다.

그렇게 아르보르를 엘라에게 맡기고 몸을 돌렸을 때 엘라의 의념이 전해졌다.

-아르보르가 종족의 고유 권능을 각성하면 마스터에게 큰 도움이 될 거예요. 목인족은 불순한 기운을 정화시켜서 자연지기와 마나 그리고 정령력으로 바꾸는 기본적인 능력을 제외하고도, 많은 신기한 능력을 가지고 있거든요. 제가 언젠가 들은 얘기에 의하면 그런 능력 때문에 각 차원의 최

강자들이 목인족들을 노예처럼 부려서 오래전에 멸족이 되었다고 해요.

예상한 대로 아르보르는 마기를 흡수해서 자연지기와 마나 그리고 정령력으로 바꾸는 능력을 가지고 있었다.

'각성을 한다면 좋은 일이지만 그렇지 않다고 하더라도 실망하지 않을 테니까 잘 먹이고 잘 가르쳐 줘.'

─걱정하지 마세요. 과도한 마기와 유독가스를 정화시키느라 지금은 이렇게 약한 모습이지만 다음에 들르실 때는 놀라시게 될 테니까요.

가온은 마지막 엘라의 말에 자신도 모르게 기대할 수밖에 없었다. 확신이 담겨 있었기 때문이다.

그때까지만 해도 우연히 챙긴 아르보르가 차원 의뢰에 어떤 역할을 할지 가온은 전혀 짐작하지 못하고 있었다.

마란타 시티

다음 날 아침, 가온은 결계술사와 마법진에 특화된 마법사들을 불러서 한 마법진에 대해서 논의를 했다.

"마법진은 헤루스께서 통째로 들고 오셔서 설치하는 건 문제 될 것이 없습니다."

"다만 원래의 흡발석과 마신의 추종자들이 사용하는 흡발석의 차이를 분석해야만 차원석에서 저희가 원하는 힘을 제대로 추출해서 흡수할 수 있을 것 같습니다."

다크엘프와 마족 들이 사용한 흡발석과 마신의 추종자들이 사용한 흡발석에 차이가 있고 각각 차원석과 영맥의 에너지를 원하는 에너지로 전환시켜 방출했었기 때문에 이런 자리를 가진 것이다.

"더 얘기할 것이 뭐 있습니까. 일단 실제로 설치를 해서 시험을 해 보도록 하지요."

결계술사나 마법사 들은 이제까지 누구도 성공한 적이 없는 차원석에서 원하는 에너지를 흡수하는 프로젝트에 강렬한 흥미를 보였다.

"그럼 그대들에게 맡길 테니 되도록 빨리 결과가 나왔으면 좋겠소."

"맡겨만 주십시오."

현재 전력도 막강하다고 생각은 하지만 마신 테라르의 사도의 기억에 의하면 곧 마계와의 포탈이 완성되어 더 많은 마족들이 마계에서 마툰 차원으로 건너올 거라고 했다.

특히 현재 마신 세력의 아랫부분을 맡은 마인 전사, 즉 마전사보다 훨씬 강한 마물과 마족 전사가 대거 건너올 거라고 했다.

그러기 위한 사전 작업이 바로 마툰 차원의 대기를 마계와 비슷하게 바꾸는 것이었는데, 대륙 대부분의 지역은 이미 마무리가 된 상태였다.

그렇기에 가온도 아니테라 전단의 전력을 상승시키기로 결심했다.

'차원 의뢰가 문제가 아니야!'

자신이 좀 더 빨리 이 의뢰를 맡아서 건너왔다면 이렇게까지 진행되지 않도록 했을지 모르겠지만 이미 일은 벌어졌다.

예지몽으로
히튼랭커

마신들은 수없이 많았다.

대륙 중북부만 해도 무려 20개가 넘는 마신전이 세워진 상태고 이젠 자신들끼리 싸울 정도로 교세가 확장된 상황이다.

'그나마 마신 라케움의 추종자들은 일반인을 신도로 만드는 것에 소극적이었기에 비교적 쉽게 말살할 수 있었지만, 이젠 마신의 신도가 되어 버린 일반인들까지 상대해야 해!'

마기로 인해 마화가 진행되는 과정에 있는 생물은 대기 중 마기의 농도가 옅어지면 마화가 멈출 뿐만 아니라 시간이 지나면 원래대로 돌아가지만, 마신의 신자가 되면 그것도 불가능했다.

때문에 마신의 신자가 되어 버린 일반인들까지 상대해야 하는데 그 부분이 무척 부담스러웠다.

가온은 며칠 동안 모둔과 벼리 등 많은 이들의 의견을 구했고 그 과정에서 한 가지 생각을 떠올릴 수 있었다.

'차라리 아나샤를 전면에 세우는 건 어떨까?'

이 세계의 사제들이 어떤 신성력을 발휘하는지 모르겠지만 아나샤의 신성력은 가온이 아는 한 최고였다. 그러니 차라리 우트 신을 전면에 내세워서 마신의 교세 확장을 막는 것도 나쁘지 않을 것 같았다.

'일단 분위기를 살펴보자.'

어쨌든 국가 단위가 무너진 마툰 차원에서 유일하게 굳건한 사회 시스템을 유지하고 있는 건 교국과 성국 둘뿐이니 말이다.

　마란타 시티는 20여 년 전에 멸망한 세트 왕국의 북동쪽에서 가장 큰 도시로 해발 1천 미터 이상의 고원에 위치하고 있는데, 고원에서 자생하는 콩과 감자 등의 생산량이 많아서 식량 사정이 괜찮았다.

　또한 시티를 에워싼 숲은 가벼우면서도 단단해서 상급의 목재로 알려진 람 나무가 가득했으며 고원 도시답지 않게 사방으로 길이 뚫려 있어서 굉장히 번성했다.

　본래 마란타 공작이 다스리던 공작령의 수도로 세트 왕국은 무너졌지만, 공작령의 전력 대부분이 이곳에 집결했고 공작가가 수백 년에 걸쳐서 고원의 가장자리를 깎아내 네 길을 제외하고는 200미터가 넘는 수직 절벽으로 만들었기 때문에 고원 전체가 성이나 다름없었다.

　그런 지리적인 이점과 농업 생산력이 높은 드넓은 고원으로 인해서 에너지 이변과 마세의 확장에도 불구하고 수많은 아인종의 요람이 될 수 있었다.

　마란타 시티에서는 누구라도 마수와 몬스터의 사체를 가지고 오면 바로 꽤 높은 보상금을 내주었다.

　그래서 가족과 함께 마란타 시티로 모여든 사람들은 너 나할 것 없이 고원 아래로 내려가서 사냥에 나섰고, 그만큼 많은 마수와 몬스터 들이 잡혀서 에너지 이변과 마세의 확장에도 불구하고 시티가 안전해졌다.

그런 마란타 시티지만 최근에는 상황이 많이 좋지 않았다. 마침내 이곳에도 에너지 이변 현상의 영역에 포함되어 버린 것이다.

때문에 고원에서도 잘 자라며 심지어 수확량이 높아 식량 때문이라도 수많은 아인종을 이곳으로 유인한 고원 콩과 고원 감자의 생산량이 급감하고 있었다.

그래서 예전에는 은화인 1길론이면 감자 한 포대를 구입할 수 있었지만, 요즘은 4길론은 주어야 살 수 있었다.

영양분도 많고 다양하게 요리해서 먹을 수 있는 콩도 마찬가지였다. 지금은 1길론에 두 포대를 살 수 있을 뿐이었다.

1길론은 고원으로 통하는 길목에 자주 출몰해서 상행은 물론이고 사람들의 목숨을 위협하는 변종 고블린의 사체 열 구, 혹은 오크 사체 한 구의 가치에 해당한다.

그렇게 식량 가격이 폭등하자 사람들은 점점 더 고원의 아래쪽으로 내려가야만 했고 위험은 그만큼 더 높아졌다.

그런 마란타 시티를 가온이 찾은 건 늦은 오후였다. 이곳에서 설인족 전사들을 만나기로 했던 것이다.

가온은 마차에 타고 있었다.

"온 님이 아니었다면 저희는 지금 다크오크들의 배 속에서 한창 소화가 되고 있을 겁니다."

알탄 상단의 상두라고 자신을 소개한 포데인이 몇 번이나 한 말을 또 했다.

가온은 이곳과 얼마 떨어지지 않은 곳에서 다크오크 50여 마리의 공격을 당해서 마차와 나무로 만든 방책이 무너지기 일보 직전까지 몰린 알탄 상단의 상행과 용병들을 구해 주었다.

어려운 일은 아니었지만 굳이 모든 실력을 보일 필요가 없어서 오랜만에 철월 검술로 처리했는데, 그 모습이 포데인에게는 아주 인상적인 모양이다.

"몬스터가 인간을 해치는 것을 보면 누구라도 나처럼 했을 겁니다."

"그야 그렇지만 상행 때문에 꽤 많은 전사를 만났지만 온 님처럼 강한 분은 처음입니다. 이게 모두 아그란데께서 보살펴 주신 덕분인 것 같습니다."

포데인도 그렇고 밖에서 상행을 호위하는 전사들도 그렇고 모두 신의 이름을 내뱉는 것으로 보아 마툰 차원인들은 대부분 신자인 것 같았다. 물론 신의 이름은 다양했지만 말이다.

"그런데 마란타는 비교적 안전하다고 들었는데, 고원과 가까운 곳마저 다크오크가 출몰할 정도로 위험한 상황입니까?"

"네. 이렇게 된 지 몇 달 정도 되었습니다. 그 전만 해도 다른 곳에 비해서 마기가 그리 강하지 않았거든요."

그렇다면 분명히 그렇게 변한 이유가 있을 것이다.

"혹시 그 무렵에 인근 지역에서 특별한 일이 발생했습니까?"

"특별하다고 할 건 없고 서쪽에서 그나마 오래 버텼던 마르앙 시티가 바호벳의 추종자들에게 넘어갔습니다."

바호벳이라면 마툰 차원에서 가장 큰 교세를 가진 마신이다.

"마르앙 시티는 무엇으로 유명합니까?"

"마르앙은 광산 도시입니다. 다른 광물도 많이 나지만 질이 높은 마나석이 대량으로 묻혀 있어서 왕국 시절부터 아주 유명했습니다."

빙고!

역시 이유가 있었다. 마신 바호벳의 추종자들이 마나석 광맥을 흡발석과 마법진을 이용해서 마기를 방출하도록 만든 것이다.

"마르앙 시티가 마신의 추종자들에게 장악된 이후 모든 것이 어려워졌습니다. 마기의 농도가 높아진 것도 심각했지만 마르앙의 풍부한 철과 다양한 금속의 공급이 끊겨 버려서 무구의 가격 역시 큰 폭으로 올랐습니다. 그래서 대부분 사냥을 통해 살아가고 있는 마란타의 많은 아인종도 크게 곤란한 상황입니다."

"마란타 쪽도 가만히 있지 않을 것 같은데요."

"들은 바에 따르면 대군을 동원해서 바호벳의 추종자들을 쓸어버릴 계획이라고 하는데 한 가지 문제가 발목을 잡고 있습니다."

"무슨 문제입니까?"

"본성의 전사들은 물론이고 사냥꾼이나 전사 들이 보수로 돈이 아니라 식량을 원하고 있습니다."

"식량요?"

"네. 마란타의 주요 식량인 고원 콩과 고원 감자의 생산량이 큰 폭으로 감소하는 바람에 최근 가격이 네다섯 배나 급등했거든요."

일단 마란타 안에 들어가서 좀 더 자세하게 알아봐야겠지만, 여기까지만 들어도 대충 마란타의 현재 상황을 이해할 수 있었다.

'이렇게 되면 알타바레스가 아니라 마르앙부터 어떻게 해야겠구나.'

알타바레스는 마란타 시티와 걸어서 이틀 거리에 있는 거대한 협곡으로 대륙 중북부에서 가장 큰 규모의 마계 던전이 있다.

가온은 설인족의 샴 족장에게 알타바레스에 대한 얘기를 듣고 설인족 전사들과 이곳을 시작으로 던전들을 공략할 생각이었다.

가온은 그렇게 포데인과 이런저런 얘기를 나누면서 마란타 시티에 들어섰다.

마란타 시티는 성벽이 따로 없었기 때문에 출입하는 데 아무런 문제가 없었다.

다른 도시로 연결되는 길목마다 전사들이 지키고는 있었지만 경계 차원이었고, 베로트 시티와 마찬가지로 성광(聖光)을 뿜어내는 거울로 확인만 했다.

해가 지고 어느새 거리에 마정석 등이 불을 밝히는 시간이 되었다. 상행과 헤어진 가온은 포데인에게 소개받은 여관으로 들어가고 있었다.

자신도 그렇지만 설인족도 이곳의 지리는 잘 몰라서 그냥 이곳에서 만나기로 약속을 했을 뿐이라서 정보 길드를 이용해야 하는데 시간이 늦어서 내일에나 들러야만 했다.

이름은 여관이지만 다른 곳과 마찬가지로 전면의 건물은 식당이었고 숙박을 위한 방은 후면에 따로 있었다.

하룻밤 묵는 데 무려 2길덴이나 받았지만 물가도 크게 오른 상황이고 저녁과 아침 식사를 포함한 가격이라 어느 정도 만족할 수 있었다.

굳이 저녁을 먹을 필요는 없었지만 이곳 사람들은 식량이 부족한 상황에서 어떤 음식을 먹는지 알아보고 싶어서 짐을 대충 방에 넣은 후에 식당으로 향한 가온은 그곳에서 익숙한 얼굴을 볼 수 있었다.

"온 경!"

일전에 마신 던전에서 구한 백묘족 퀸인 아가르타였다.

"오랜만이군요."

그녀는 그때 봤던 또 다른 묘인족 전사 일곱 명과 함께 원형 식탁을 차지하고 식사를 기다리고 있었다.

"혼자세요?"

"다른 단원들은 이곳에서 만나기로 한 설인족 전사들의 행방을 수소문하고 있습니다."

"이곳에서 설인족과 만나기로 하신 거군요. 그럼 소식이 올 때까지 저희와 합석하시는 것이 어떨까요?"

주위를 돌아보니 식사 때라서 그런지 빈 의자가 거의 없었다. 당연히 빈 테이블도 없어서 식사를 하려면 합석을 해야 할 것 같았다.

"그렇게 하지요."

가온이 아가르타가 권하는 옆자리로 가자 묘인족 전사들이 분분히 인사를 해 왔다.

"그런데 이곳은 어쩐 일입니까?"

"마란타에서 대대적으로 전사를 모집한다는 정보를 입수하고 먼 길을 찾아왔는데 일이 어그러진 것 같아요."

백묘족은 마란타에서 마르앙을 수복하기 위해서 전사들을

불러 모은다는 소식을 듣고 이곳에 온 모양이다.

"역시 식량 때문입니까?"

"온 단장님도 알고 계시는군요. 저희만 해도 보수의 절반은 식량으로 받아야 하거든요. 나머지 돈은 장비를 정비하고 무구를 구입하는 데 써야 하고요. 그런데 마란타시에서는 식량으로는 지급할 수 없다고 하네요. 일이 이렇게 되었는데 단장님은 어떻게 하실 생각이에요?"

"뭘 어떻게 말입니까?"

"아니테라 용병단의 전력이라면 마르앙 전체는 모르지만 마나석 광산을 지키는 놈들은 처치하실 수 있잖아요. 저희도 가세할 테니 적당히 챙겨 주세요."

전혀 예상하지 않았던 얘기가 아카르타의 입에서 나왔다. 마나석 광산을 장악해서 그동안 채광한 마나석을 챙기자는 얘기였다.

"호인족 전사들도 근처 여관에 묵고 있어요. 아니테라 용병단과 설인족이 합친 전력에 우리 두 부족이 가세한다면 큰 피해 없이 목적을 이룰 수 있을 것 같은데, 어때요?"

묘인족이나 호인족의 전력은 비슷했다. 수장을 포함한 서너 명은 소드마스터였고 나머지도 익스퍼트 중급 이상의 실력을 지니고 있어 소수지만, 막강한 전투력을 지니고 있었다.

"음. 우리 용병단의 목적은 마나석 광산이 아닙니다."

"네? 그럼 어떤?"

얼굴에서 실망감을 감추지 못하던 아가르타가 물었다.

"마르앙 시티 전체를 장악한 후에 본거지로 삼을 생각입니다."

포데인에게 듣기로 마르앙 시티는 다양한 광맥이 대량으로 묻혀 있는 광산으로 유명하지만, 에너지 이변이 발생하기 전까지만 하더라도 넓은 외성의 내외부에 보리와 호밀이 잘 자라는 비옥한 땅이 있어서 인근에 널리 판매할 정도로 부유한 도시였다고 했다.

가온은 에너지 이변 현상을 바로잡고 토질을 정상화해서 곡물을 대량생산 하는 것으로 사람들을 끌어들일 생각을 하고 있었다.

"그럼 저희도 함께할 수 있을까요?"

"함께한다면?"

"그때 말씀드린 대로 아니테라 용병단에 가입할게요. 그게 아니더라도 보수만 충분히 챙겨 주신다면 기대 이상으로 활약할 자신이 있어요!"

그때야 필요가 없어 거절했지만 지금은 상황이 달라졌다.

아나샤를 이용해서 마신의 추종자 세력과 정면으로 붙어야 하는데, 이만한 전력이 가세한다면 큰 도움이 될 것이다.

"좋습니다. 원하는 보수를 얘기해 보십시오."

과한 보수만 요구하지 않으면 묘인족 전사들은 물론 호인족 전사들까지 끌어들여서 마르앙 시티를 근거지로 만들 생각이었다.

"제가 원하는 보수는, 으음, 저와 결혼해 주시면 안 될까요?"

"......?"

가온은 너무 황당해서 잠시 아무 말도 하지 못했다. 아가르타가 뜬금없이 결혼을 요구한 것이다.

"호호호. 너무 정색을 하시니 제가 더 민망해요. 농담이에요, 농담!"

말은 그렇게 하면서도 상기된 얼굴로 눈치를 보는 것을 보면 마냥 농담이 아닌 것 같은데, 두 사람에게 주의를 집중하고 있는 묘인족 전사들의 눈이 튀어나올 것처럼 커졌다가 천천히 정상으로 돌아갔다.

"마신 테라르의 추종자들을 모조리 없애 주세요. 그에 더해서 우리 전사들을 배불리 먹여 주시고요. 그럼 아니테라 용병단에 가입을 하든 아니든 단장님의 명령에 따를게요."

그래, 이런 요구가 나왔어야만 했다.

"좋습니다."

이미 아니테라의 주민이 된 엘프족과 드워프족을 위해서 반드시 마신 테라르의 추종자들을 말살해야만 했다. 자신의 권속이 된 그들이 가장 원하는 것이 그것이니 말이다.

"다만 여러분을 아니테라 용병단에 들일 수는 없고 우리 용병단과 계약을 하는 것으로 하지요. 무구까지 지급하겠습니다."

"좋아요. 저희의 능력을 확실하게 보여 드리고 나서 당당하게 용병단에 들어갈게요."

실력에 자신이 있었던 아가르타는 좀 실망한 얼굴이었지만, 자신들이 원하는 요구 조건이 받아들여진 것에 만족했다.

"그런 의미에서 고기 꼬치구이에 맥주, 어떻습니까?"

용병으로 활동하는 전사들이 개인이 아니라 단체로 묶는 곳이라서 그런지 후원의 숙소에는 따로 고기를 구워 먹을 장소가 따로 있었다.

"와아아아!"

단숨에 환호성이 터져 나왔다. 다른 손님들이 놀랄 정도로 큰 환호성이었다.

"따로 계약서를 쓸 필요는 없을 것 같아요. 우리 목숨을 이미 두 번이나 구해 주신 단장님을 믿으니까요. 그런데 지금과 같은 시기에 맥주가 있어요?"

"우리가 있는 땅은 에너지 이변이 최근에야 생겼습니다."

"아! 그렇지요. 아무튼 맥주라니. 이게 얼마 만에 마시는 술인지 모르겠네요. 맥주를 마실 수 있다는 것 하나만으로도 우리가 제대로 결정을 내렸다는 증거가 되겠어요."

그렇게 말하는 아가르타는 물론 묘인족 전사들은 잔뜩 흥분한 얼굴이었다.

전사, 그것도 따로 소속된 곳이 없어서 항상 목숨을 내걸고 생활하는 전사들에게 있어 술은 남다른 가치가 있었다.

피바다를 이루는 살벌한 전투와 살생 그리고 지인이 부상을 입거나 죽는 일이 비일비재한 생활을 하는 전사들에게 있어 술은 가장 강력한 치료제 중 하나였다.

그런 술을 한동안 마시지 못했으니 술 얘기에 이렇게 흥분하는 건 당연했다.

그래도 계약서는 작성해야 했다. 나중에 딴소리를 할 수 있으니 말이다. 다만 지금은 아니다. 시스템의 도움으로 마툰 차원의 공용어를 알아듣고 구사할 수 있지만 문자는 좀 달랐다.

아가르타 일행이 묵는 후원의 별채로 장소를 옮긴 가온은 일단 식량 전용 아공간 주머니에서 가죽을 벗긴 염소 두 마리와 몇 종류의 향신료를 꺼내 주었다.

"구이는 저희에게 맡겨 주세요."

묘인족 전사들은 신이 나서 누가 시키지도 않았는데 염소를 구이에 맞게 도축하고 장작을 찾아와서 불을 피우는·등 구이 준비를 했다.

"술은 우리 단원이 가지고 있으니 불러오겠습니다."

"네. 기다릴게요."

아가르타에게 양해를 구하고 밖으로 나온 가온은 여관 거리를 벗어나더니 이내 어둠 속으로 사라졌다.

얼마 후 돌아온 가온의 옆에는 헤벨을 포함한 엘프족 전사 10여 명이 있었다.

"저희 아니테라 용병단의 임시 단원이 되시겠다고요?"

"마, 맞아요."

아가르타는 달라진 헤벨의 모습에 당황했다.

신전 던전에서 대면했던 헤벨의 분위기는 완전히 바뀌어 있었다.

일단 보기 좋게 살이 올라온 얼굴과 광택이 나는 피부가 잘 먹고 있다는 사실을 알려 주었는데, 더 놀란 것은 차림새였다.

재질을 알 수는 없지만 한눈에도 방어력도 뛰어날 뿐만 아니라 디자인까지 멋진 방어구를 착용한 헤벨은, 누가 봐도 일족 전사를 이끄는 대전사장다운 분위기가 풍겼다.

다른 엘프 전사들도 마찬가지다.

계급을 표시하는 것 같은 표식 몇 곳을 제외하고는 동일한 방어구를 입은 그들은 복수심에 함몰되었던 때와 달리 안색도 편안해 보였고 전신에서 여유가 묻어 나왔다.

'그때 같은 조건으로 아니테라 용병단에 가입을 해야 했을까?'

엘프족과 동일하게 마신 테라르의 추종자들에게 가족과 친지를 모두 잃은 건 동일했지만, 엘프 일족의 수장인 헤벨과 자신은 다른 결정을 내렸다.

아주 먼 나중에야 선택의 정확한 결과가 밝혀지겠지만 지금의 헤벨만 보면 자신의 결정이 잘못된 것 같았다.

아가르타의 내심이 어떻든 헤벨은 가온을 대리해서 계약서를 작성했고 아공간 주머니에서 빵과 맥주 통을 꺼냈다.

'벌써 중용을 받는구나.'

요즘 용병단에서 가장 중요한 물건이라고 할 수 있는 식량을 관리할 정도면 인정을 받는 것이다.

아가르타는 자신과 같은 처지였던 헤벨이 벌써 중용을 받는 모습에 부럽고 질투가 났지만, 더 심란했던 건 그녀와 얘기를 하고 나서였다.

가온에게 귀속한 엘프족은 그의 전폭적인 도움을 받아서 몰살당했다고 생각했던 일족 중 일부를 마족에게서 구출했다는 것이다.

물론 아가르타의 백묘족은 그녀와 전사들이 보는 앞에서 학살당했기에 그럴 가능성은 없지만, 가온 덕분에 살아남은 일족을 구하고 그동안 잘 먹고 쉬면서 복수를 위해서 수련을 했다고 하니, 같은 수장으로 자격지심이 들 수밖에 없었다.

'내가 잘못 생각한 걸까? 아니야! 풍요로운 구속보다는 굶주리더라도 자유가 더 나아!'

아가르타는 싱숭생숭했지만 애써 마음을 다잡았다.

백묘족 전사들은 그런 아가르타의 마음을 전혀 헤아리지 못했다.

오랜만에 노릇노릇하게 익어 육즙이 흐르는 맛있는 꼬치구이와 시원한 맥주를 즐기느라 정신이 팔려 있었다.

염소는 양과 함께 대륙 중북부에서 많이 기르던 가축으로 용병으로 활동하는 전사들이 어렵지 않게 먹을 수 있었지만, 지금은 에너지 이변으로 인해서 마기에 오염되지 않은 개체를 찾아보기가 힘들었다.

당연히 가격이 천정부지로 높아져서 지금은 독하게 마음을 먹어야만 구입할 수 있었다.

먹기 좋게 고기를 잘라서 다양한 향신료를 바르고 뿌린 꼬치구이 냄새에 이끌린 다른 전사들이 별채 담장을 기웃거렸지만, 무례하게 들어오는 이는 없었다. 실례이기도 하지만 묘인족 전사들의 전투력이 상당했기 때문이다.

하지만 초대받은 손님도 있었다.

바로 근처 여관에서 묵고 있는 호인족 전사들이었다.

묘인족 전사보다 우람한 체구에 먹는 양이 많은 호인족 전사들이 도착하자 가온의 지시로 헤벨이 아공간 주머니에서 양 두 마리와 수에 맞추어 맥주까지 더 꺼내자 자리를 더욱 흥겨워졌다.

호인족 중 얼굴이 줄무늬가 선명한 문면(紋面) 알족은 전령으로 파견된 묘인족 전사의 말을 들었을 때 이미 결정을 내렸다.

안 그래도 마신 테라르의 추종자들에게 복수를 해야 하는

데, 호인족만의 전력으로는 어림도 없어 이러지도 저러지도 못하는 상황이었기 때문이다.

복수와 더불어 먹고 자는 문제까지 해결이 된다고 하니 누가 거부할 수 있으랴.

그것도 제안한 사람이 바로 자신들을 마신 테라르의 종자들로부터 구해 준 온 훈이니 단숨에 결정을 내렸다.

다음 날 아침, 가온은 헤벨, 아가르타, 그리고 호인족 대전사장인 무타와 함께 용병 길드에 들러서 익스퍼트 중급 이상의 실력을 가진 전사들을 원한다고 말했다.

곧 설인족 전사들이 더 가세하겠지만 그때 정확한 숫자를 거명한 것이 아니었고 전력은 많을수록 좋았다.

"실력이 뛰어난 전사들이 필요하시군요. 익스퍼트 중급은 식사 제공과 별도로 하루에 호밀과 도축한 양고기를 기준으로 1킬로그램씩, 상급은 5킬로그램씩, 최상급은 20킬로그램씩을 선금 분을 제외하고 매일 지급해야 합니다!"

담당자의 말을 들어 보니 역시 이쪽도 보수의 기준이 달라졌다. 식량난이 워낙 심하다 보니 금전은 예전만큼 가치가 없었다.

담당자는 심지어 어떤 일인지조차 묻지 않았다. 그만큼 원하는 보수만 받을 수 있다면 의뢰를 수락할 전사들이 많다는 얘기였다.

"좋습니다. 그렇게 하지요."

"선금은 3할입니다."

"선금 역시 곡물과 고기로 줘야 합니까?"

"그렇습니다. 그런데 원하는 인원수나 의뢰 기한이 어떻게 됩니까?"

그건 대답하기가 애매했다. 아직 마르앙 시티를 장악한 바호벳 무리에 대한 정보가 부족했기 때문이다.

"만약 닷새가 넘으면 보수는 테이런 상단을 끼고 처리를 해야 합니다."

"테이런 상단을요?"

"네. 우리 시티에서 원하는 만큼의 곡물과 육류를 확보하고 있는 상단은 테이런이 유일하거든요. 닷새가 넘으면 보수의 양이 많아서 개인적으로 들고 다닐 수가 없거든요."

이해가 갔다. 익스퍼트 중급은 몰라도 상급의 경우 선금을 제외한 보수를 생각하면 꽤 양이 많았다.

"알겠습니다. 일단 익스퍼트 중급을 기준으로 150명을 구해 주십시오."

"흐음. 숫자가 좀 많기는 하지만 요즘 일이 없어서 놀고 있는 전사들이 많으니 금방 구할 수 있을 겁니다."

가온은 그렇게 말하는 담당자에게 자신이 묵고 있는 여관 이름을 알려 주는 것으로 볼일을 마쳤다.

그런데 길드를 나오고 얼마 후 그의 발걸음이 멈추었다.

뒤를 따르는 이들이 있었기 때문이다.

"누구요?"

"우리의 기척을 알아채다니 역시 범상치 않은 실력자군요."

그렇게 말한 사람은 콧대부터 왼쪽 턱까지 이어지는 굵은 흉터가 인상적인 30대 초반의 전사였는데, 맑고 강렬한 눈빛이 흉터 때문에 험악해 보이는 인상을 상쇄해 주었다.

"마인트 용병단의 부단장인 데릴 마커입니다."

"아니테라 용병단의 온 훈입니다."

"단장이십니까?"

"그렇습니다."

"역시. 아무런 기도를 느낄 수 없어 긴가민가했는데 초인의 반열에 드셨군요."

"그쪽 역시 나이에 어울리지 않는 강자군요."

데릴은 익스퍼트 상급의 실력자였다.

"어릴 때 남들보다 좋은 환경에서 수련한 덕분입니다."

"그렇군요. 용건이 있습니까?"

"우리 마인트 용병단은 소드마스터 두 명에 익스퍼트 중급 이상의 실력자만 103명이 있고, 5서클 이상의 마법사 역시 100명 정도 됩니다. 또한 신성력이 높은 사제들도 있고요."

"그럼 충분한 자격이 되는데, 왜 길드를 통하지 않고 굳이 제 발길을 막으신 겁니까?"

"저희 용병단의 일을 한 번만 도와주신다면 저희는 세 번에 한해서 보수나 기간에 무관하게 귀 용병단을 돕겠습니다."

단순히 의뢰를 받는 것이 아니라 원하는 것이 더 있기에 길드를 통할 수 없었던 모양이다.

"일단 우리 숙소에 가서 자세한 얘기를 나누도록 하지요."

데릴이 말할 때 주위에 신경을 쓰는 모습을 보고 보안을 유지할 필요성이 있다고 느꼈던 가온이 그렇게 말했다.

"네, 온 단장님."

그렇게 대답한 데릴은 혼자가 아니었다. 길드 주위를 서성거리던 무리 중 하나가 그에게 다가왔는데 하나같이 잘 정제된 기도를 내뿜고 있었다.

'기사 출신이군.'

국가가 사라진 지금이야 모두 전사이자 용병이지만 그래도 기사는 풍기는 분위기가 완전히 달랐다.

가온은 데일 일행을 자신이 묵고 있는 숙소로 데리고 왔다.

헤벨 일행이 합류한 후 그가 잡은 별채는 너무 작아서 아가르타에게 양해를 구하고 묘인족 전사들이 묵고 있는 별채로 향했다.

마음이 급해서 아침 식사를 거르고 용병 길드에 간 터라 살짝 배가 고팠던 가온은 헤벨로 하여금 적당히 아침 식사를 준비하도록 부탁을 했다.

헤벨은 소환되기 전에 헤루스인 모둔에게 전해 받은 음식을 꺼냈는데, 그걸 본 사람들의 눈이 커졌다.

손바닥 크기의 하얀 밀 빵을 두 쪽으로 가른 후 신선한 채소와 적당히 염장을 해서 훈제를 시킨 고기 패티를 넣고 소스를 뿌리는 것으로 아니테라에서 전투 식량이라고 부르는 음식이 만들어졌다.

거기에 모라이족이 직접 재배하고 수확한 과일을 짠 주스를 곁들이자 훌륭한 식사가 되었다.

이미 묵고 있는 여관에서 수프와 빵으로 간단하게 식사를 한 데릴 일행도 이 새로운 음식을 거절하지 않았다.

지금은 먹기 힘든 신선한 채소와 맛있는 냄새가 나는 두툼한 고기 패티가 입맛을 자극했다.

햄버거와 주스는 순식간에 사라졌다. 다들 입맛을 다실 정도로 맛이 좋았기 때문이다.

그렇게 새롭고 맛있는 음식으로 식사를 마치고 나자 마음이 적당히 풀어졌다.

이어서 나온 것은 절로 코를 벌름거리게 만드는 향긋하고 따뜻한 차였는데 놀랍게도 지금은 구할 수도 없는 엘프 차였다.

마시는 순간 입안이 화해지면서 머리가 맑아지고 온몸이 따뜻해지는 느낌이 들 정도로 뛰어난 풍미와 효과를 가진 차였다.

그렇게 식사와 차까지 즐긴 후에야 본론이 나왔다.

"정확하게 원하는 게 뭡니까?"

"우리 마인트 용병단의 주인은 세트 왕국의 미로네스 공주 전하십니다."

용병단치고 실력이 뛰어난 데다가 풍기는 기도나 분위기가 예사롭지 않다고 생각했더니, 멸망한 세트 왕국의 기사단이 전신인 모양이다.

"우리는 다리움 시티를 수복하고 싶습니다. 도와주십시오."

데릴이 정중하고 고개까지 숙이며 말하자 가온은 아가르타에게 시선을 돌렸다.

"현재 마신 우타라의 추종자들이 장악한 다리움 시티는, 세트 왕국의 별궁이 있었던 도시로 인근에 크게 발달한 도시들이 둘러싸고 있어서 규모는 작지만 세력을 일으키기에 적합합니다."

데릴 일행은 아가르타의 말에 깜짝 놀랐다.

얼마 전에 마란타에 들어온 것으로 알려진 묘인족 전사가 다리움 시티에 대해서 정확하게 파악하고 있는 것이 너무 신기했기 때문이다.

마르앙 시티로

아가르타가 망국의 여름 별궁이 있었던 다리움 시티에 대해서 알고 있는 건 이상한 일이 아니다. 본거지를 잃은 묘인족은 가족과 친지가 학살당한 고향에 미련을 버렸다. 그리고 새로운 본거지를 알아본 것이다.

아가르타는 규모가 작으면서도 자급자족이 가능하며 수성에 용이한 곳들을 찾았고, 다리움 시티는 그중에 한 곳이었다.

묘인족이 다리움 시티를 제대로 장악했다는 사실이 세상에 알려지면, 이곳저곳에 흩어져 있던 묘인족들이 몰려들 테고 자연스럽게 백묘족은 근거지를 만들 수 있기에 염두에 둔 것이다.

다만 자신들만의 전력으로는 어림도 없어서 한동안 용병으로 활동하면서 자금을 모으는 한편 다른 수인족 전사들을 끌어들여서 용병단을 키우려고 마음을 먹었지만 지금은 의미가 없어졌다.

"우타라 측 전력은 어떻게 됩니까?"

하지만 그곳에 대한 정보는 마인트 용병단 측이 더 잘 알고 있을 것이다.

"마계에서 건너온 사도가 세 명의 대사제와 300여 명의 사제를 거느리고 있습니다. 마전사는 대략 1천 정도지만 놈들의 주요한 전력인 마랑이 수천 마리나 됩니다."

"마랑은 마기를 받아들여 마수화가 된 늑대를 말하는 거예요, 단장님."

생소한 단어에 가온이 미간을 좁히는 것을 본 헤벨이 바로 설명해 주었다.

"마신 우타라의 추종자들에게 죽은 사람들의 사체로 인해서 주위에 몰려든 늑대들이 무척 많습니다. 지금은 마신전까지 세워졌을 테니 숫자가 크게 늘었을 겁니다."

마신전이 세워졌다는 얘기는 인근 지역의 대기 중에 마기가 농후해졌다는 의미다. 자의든 타의든 마기에 오염되어 마화된 사람이나 마물들이 크게 증가할 수밖에 없었다.

"만약 그곳을 장악한다면 지켜 낼 전력은 충분합니까?"

"평화의 여신 모레리아님을 모시는 사제들이 우리와 함께

하고 계십니다."

마툰 차원에는 다양한 신이 있었다.

태양신인 바라스를 모시는 성국과 달의 여신인 우라스를 모시는 교국을 위시로 수많은 신이 다양한 아인종의 경배를 받으며 사제들을 통해 자신의 권능 중 일부를 발휘해 왔다.

하지만 성국과 교국을 제외한 신들을 모시는 신전들은 모두 파괴되고 사제와 신자 들은 안전한 땅을 찾아 방랑하고 있는 것이 현실이었다.

망국인 세트 왕국의 기사단과 마탑이 주축인 마인트 용병단은 그런 방랑 사제 중 모레리아 여신의 사제를 끌어들이는 데 성공한 것이다.

'잘됐네.'

안 그래도 마르앙 시티를 본거지로 만들려면 도시나 일정한 영토를 신성력으로 감싸는 초대형 신성 마법진이 필요했다.

"우리와 상황이 비슷하군요."

"그럼 용병을 구하는 것이?"

가온의 말에 데릴의 눈이 커졌다.

"맞습니다. 우리는 얼마 전 마신 바호벳의 추종자들에게 무너진 마르앙 시티를 수복해서 우리 아니테라 용병단의 근거지로 만들 생각입니다."

"오오! 익스퍼트 중급 이상의 실력자를 대량으로 구한다는 말을 듣고 그런 의도를 가진 것이 아닐까 생각은 했는데, 정말 대단하십니다."

세트 왕국이 멸망하기 전까지 광산 도시로 유명했던 마르
앙 시티는 다리움 시티보다 다섯 배는 더 크다.

그런 곳을 손에 넣으면 광물을 이용해서 급속하게 세력을
확장할 수 있기 때문에 마인트 용병단도 염두에 두긴 했지
만, 현재 마신의 추종자들 중 가장 세력이 강한 바호벳 측이
장악했기에 포기했는데, 아니테라 용병단은 과감하게 도전
하는 것이다.

"그럼 이렇게 합시다. 귀측이 제시한 조건에 초대형 신성
마법진에 대한 자료를 더하는 것으로 계약을 하지요."

"신성 마법진요?"

아나샤가 비록 성녀였지만 그런 초대형 신성 마법진은 제
대로 알지 못했다.

"그렇습니다."

"흐음. 일단 단장께 말씀을 드려 보겠지만 불가능한 조건
은 아닌 것 같습니다."

초대형 신성 마법진에 대한 내용이 중요하지 않은 건 아니
지만, 마법진을 위해서는 많은 숫자의 성물과 성석이 필요하
기에 안다고 해도 쉽게 펼칠 수 있는 건 아니다.

"만약 이 조건을 수락한다고 해도 다리움 시티를 공략하
는 건 우리가 안정된 후입니다. 그 점을 고려해서 결정하십
시오."

"알겠습니다. 당장 전하를 만나러 가야겠습니다."

데릴은 그 즉시 단원들을 데리고 여관을 나섰다.

대답은 얼마 지나지 않아서 데릴과 함께 직접 방문한 미로네스 공주로부터 직접 들을 수 있었다.

"대답을 하기 전에 한 가지만 확인할게요."

"뭐든 물어보십시오."

"다른 용병단을 더 구하지 않아도 우리 마인트의 전력과 귀측의 전력으로 다리움 시티를 차지하고 있는 마신의 추종자들을 쫓아낼 수 있나요?"

"당연합니다."

묘인족과 호인족에 설인족까지 가세하면 길드에 요청한 150명이 아니더라도 마르앙보다 규모가 작은 다리움의 마신 전 세력을 말살하는 것은 가능했다.

"그렇군요. 좋아요! 신성 마법진을 알려 드리는 것은 물론 마르앙 시티 공격에 한 손을 보탤게요. 사제들도 있고 마법사 전력도 강해서 큰 도움이 될 거예요."

미로네스 공주는 자신의 질문에 무심한 얼굴이지만 강한 확신이 느껴지는 눈빛으로 대답하는 가온의 태도에 결정을 내리고 헤벨의 주도하에 계약서를 작성했다.

비록 보수가 곡물과 고기였기 때문에 선금은 받지 않았지만, 전력 지원은 당연했고 아니테라 측이 계약 기간 동안 식량을 책임진다는 점을 명시했기 때문에 미로네스 공주나 수

행한 이들도 만족했다.

"그럼 언제 움직일 건가요?"

이곳 마란타에서 마르앙 시티까지는 말을 타고도 나흘은 걸린다. 중간에 마수나 몬스터를 만나면 당연히 시간은 더 걸리고.

"오늘 오후에 출발 가능합니까?"

마인트 용병단이 가세했으니 설인족의 도착 여부와 상관없이 마르앙 시티를 공략해도 될 것 같았다.

"네? 오늘 오후요?"

"점심을 먹은 후에 바로 출발하지요. 이미 우리 단원들이 공략할 준비를 끝내 두었거든요."

"으음. 좋아요! 그렇게 하죠."

미로네스 공주는 가온이 너무 급하게 움직인다 싶었지만, 이왕 계약을 했으니 상대의 뜻대로 움직여 주기로 했다.

정오를 조금 넘긴 시간.

고원 도시인 마란타에서 서쪽으로 내려오는 길목에는 다른 곳과 달리 사람 키를 겨우 넘길 정도의 잡목림이 나타난다.

상급의 목재로 쓰이는 람 나무가 자라는 숲과 달리 가시나무 종류가 많아서 길을 내기가 힘들어서 사람들의 통행이 거의 없는 곳이다.

하지만 묘인족과 호인족 전사들과 마인트 용병단원들은

먼저 출발한 가온이 말한 곳을 금방 찾을 수 있었다.

"하아! 이곳은 분명히 잡목이 무성했는데 언제 이렇게 바뀐 거지?"

가시나무들로 이루어진 숲 한쪽이 말끔한 공터로 바뀌었는데 놀랍게도 바닥이 흙이 아니라 대리석이었다. 자세히 보니 통짜는 아니고 대리석 조각이 정교하게 연결되어 있었다.

"마법진!"

놀랍게도 대리석 바닥에는 100명은 충분히 들어갈 수 있는 거대한 텔레포트 마법진이 새겨져 있었는데, 서브 코어까지 합하면 300개가 넘는 상급 마정석이 박혀 있었다.

망국의 왕실 마탑 출신의 마법사들은 깜짝 놀랐다. 예전에는 보거나 이용한 적이 있었지만 한동안 볼 수 없었던 초대형 텔레포트 마법진이었다.

사람들은 이제야 가온이 모든 것이 준비되어 있다며 말도지참하지 못하게 말한 이유를 알 수 있었다.

"자, 빨리 이동합시다! 먼저 묘인족과 호인족부터!"

가온의 재촉에 아가르타를 위시한 묘인족과 호인족이 마법진 위로 올라갔고, 미리 배치한 아니테라 용병단의 마법사들이 마력을 주입해서 마법진을 활성화했다.

팟!

휘황한 빛이 마법진 전체를 덮는 것 같더니 순간적으로 100여 명이 홀연히 사라졌다.

그러자 마법사들이 상급 마정석을 재빨리 교환하기 시작했고, 그사이에 마인트 용병단원 100명이 마법진 안에 자리를 잡았다. 그리고 얼마 후 마법진이 활성화되자 곧바로 사라졌다.

이제 헤벨 일행과 미로네스 공주를 포함한 나머지 사람들이 공간 이동을 할 차례였다.

"단장님은 같이 안 가세요?"

"이곳을 마무리한 후에 스크롤을 사용해서 갈 겁니다. 먼저 가 계십시오."

그렇게 마지막 인원을 보낸 가온은 고생한 마법사들을 아니테라로 돌려보낸 후 텔레포트 마법진을 통째로 아공간에 집어넣는 것으로 마무리를 하고는 마누의 도움을 받아서 이미 카오스가 건설한 숙영지로 공간 이동을 했다.

아가르타가 이끄는 묘인족, 무타가 이끄는 호인족 그리고 마인트 용병단원들은 아니테라 용병단이 마련한 숙영지를 보고 크게 감탄했다.

이동한 곳은 지하였다. 그것도 굉장히 큰 공간이어서 1천 명 정도는 충분히 들어갈 수 있었다.

사람들이 놀란 것은 숙영지가 거대한 지하 공동이라서가 아니었다.

'마기의 농도가 옅어!'

그 이유는 금방 밝혀졌다.

"이건 신성 마법진!"

지하 공간의 중심부에는 마기를 정화시키는 신성한 기운이 흘러나오는 작은 마법진이 있었다.

그리고 그 마법진의 메인 코어에는 처음 보는 작은 신상이 있었는데, 사제들은 생소한 외모의 여신을 모시는 신전의 성물임을 알아보았다.

신성 마법진은 규모는 작았지만 굉장히 농후한 신성력을 방출하고 있어서 1천 명이 넉넉하게 들어갈 수 있는 지하 공간은 마기를 거의 느낄 수 없었다.

그런데 더 놀라운 것이 있었다.

"흐업!"

아가르타와 무타 등 소드마스터들은 자신들을 쳐다보는 사람들을 보고 흠칫 놀라 무의식중에 뒤로 물러나기까지 했다.

'앞 열에 있는 전사들이 모두 소드마스터야!'

그것도 입문이나 초급이 아니라 최소한 중급 이상이었다. 이제 막 중급에 올라선 자신들은 감히 추측도 할 수 없는 실력을 가지고 있었다.

더 놀랄 수밖에 없는 건 소드마스터가 무려 30명 가까이 된다는 점이다.

하지만 가장 놀란 사람은 따로 있었다.

마지막에 공주와 함께 이곳으로 이동한 마인트 용병단의 고문이자 구 세트 왕국의 전대 기사단장이었던 홀프렛이었다.

그는 소드마스터 상급 실력자로 지금은 나이 때문에 육체가 노쇠화 중이라 제 기량을 발휘할 수는 없지만 상대의 실력은 제대로 알아보는 눈이 있었다.

하이엘프임이 분명한 엘프 대전사장이 다른 수뇌부와 함께 맞이했는데, 놀랍게도 완숙한 소드마스터 상급 실력자였다.

'어쩌면 최상급일지도.'

그런 하이엘프가 묘인족과 호인족 수장에게 알은척을 했다.

"아가르타 대전사장과 무타 대전사장, 오랜만이에요."

"아, 네!"

"오랜만입니다."

"마인트 용병단이라고요? 단장님께 얘기를 들었어요. 환영합니다. 아니테라 용병단의 부단장 시르네아라고 해요."

"마인트 용병단 단장 미로네스라고 해요. 반겨 주셔서 감사해요."

미로네스 공주는 별생각 없이 인사를 하고 있었지만 홀프렛은 기절할 것 같았다.

'이름조차 들어 보지 못했던 용병단의 부단장이 소드마스터 상급에 중급 이상만 20명에 육박하다니!'

단순히 소드마스터 실력자들이 많아서 경악한 것이 아니다.

같은 디자인에 일부 표식만 다른 방어구를 착용한 500여 명의 전사 중 절반 이상이 익스퍼트였다.

마법사로 보이는 100여 명의 실력은 잘 모르겠지만 전 왕실 마탑의 수석 마법사인 레오트론이 자신처럼 경악하는 것을 보면 그쪽 역시 상당한 실력을 가진 것 같았다.

거기에 평화의 여신을 모시는 사제들이 놀란 눈으로 쳐다보는 여인은 감히 직접 쳐다보지도 못할 정도로 신성한 후광을 두르고 있었다.

'저 정도면 성녀급인데. 아니테라 용병단의 정체가 대체 뭐야? 설마 다섯 제국의 후예인가?'

그렇지 않고는 이렇게 막강한 전력을 갖추고 있을 리가 없다는 생각이 들었다.

"오시느라고 수고하셨어요. 단장님이 도착하는 대로 작전에 대한 회의가 있을 테니, 그때까지는 저쪽에서 쉬고 계시면 됩니다."

시르네아는 복잡한 얼굴이 되어 버린 세 무리의 수장들을 빈 곳으로 이끌었다.

그날 저녁, 작전 회의가 열렸다.

가온은 일단 카오스가 정찰한 내용부터 브리핑을 했다.

"마르앙을 장악한 바호벳의 추종자 전력은 다음과 같습니다. 일단 인원부터 얘기하면 사도 한 명에 대사제 두 명, 사제 200여 명, 마전사 2천여 명인데, 사도는 7서클 마법사, 대사제는 6서클 마법사 혹은 소드마스터 중급에 해당하는 전투력을 가지고 있습니다."

마신의 사제들은 마법만 사용하는 것이 아니다.

마검사처럼 마기를 이용해서 암흑 마법도 발현하고 검기나 오러 블레이드도 사용할 수 있는 것이다. 그렇기에 전투력이 강한 것이고.

"사제 중 열 명은 소드마스터 초급 혹은 6서클 마법사에 해당하고, 절반 정도는 5서클 마법사 혹은 익스퍼트 중급 이상의 전투력을 가지고 있습니다. 마지막으로 마전사들의 절반 정도는 검기를 사용할 수 있습니다."

가온의 말에 회의 참석자들은 얼굴을 굳혔다. 생각보다 더 막강한 전력이었기 때문이다. 특히 가장 수가 많은 마전사들의 전투력이 예상외로 강했다.

물론 그래도 크게 긴장하지는 않았다. 일단 수뇌부의 전력은 이쪽이 훨씬 강했다.

"문제는 놈들이 급속하게 마화시키고 있는 일반인입니다."

마기에 오염되면 마인이 되지 않았더라도 사제들은 정신지배를 비롯한 특수한 방법으로 괴력을 발휘할 수 있게 만들 수 있다.

지속력은 그리 길지 않지만 마기는 근력을 폭발시키는 효과가 있었기 때문이다. 잠깐이지만 평범한 사람들도 잘 훈련된 정예병과 싸울 수 있다는 얘기였다.

"그런 일반인이 무려 3만에 달합니다."

물론 그중 절반은 노약자이기 때문에 제외해야 하지만 가온의 말에 장내 분위기가 무거워졌다.

"그럼 우리가 불리한 건가요?"

마인트 용병단 대표로 회의에 참석한 미로네스 공주가 굳은 얼굴로 물었다.

"일반인은 따로 마련한 대책이 있으니 신경 쓸 필요는 없습니다. 그리고 정찰 결과를 토대로 우리 용병단은 어제부터 마르앙 시티 인근의 농후한 마기를 원래 상태로 되돌려 놓는 비밀 작전에 돌입했습니다."

가온은 미로네스 공주의 질문에 대답하는 대신 그렇게 말했다.

"저, 정말 에너지 이변 현상을 타개할 방법이 있단 말씀이오?"

세트 왕실 마탑의 수석 마법사인 레오트론이 놀라서 물었다.

전 세계적으로 에너지 이변 현상이 벌어졌지만 누구도 그 이유조차 짐작하지 못했고, 당연히 그 해결 방안도 나오지 않았기 때문이다.

"다른 곳은 잘 모르겠지만 우리가 조사한 바에 따르면 마르앙 시티 인근은 최근까지도 에너지 이변 현상이 적용되는 땅이 아니었습니다."

대기 중 마기가 농후해지는 에너지 이변 현상이 전 세계적으로 퍼졌지만, 적용되지 않는 곳도 적지 않았다. 그리고 그런 곳에 많은 아인종이 몰려들었고 덕분에 전력이 강해져서 지금까지 마신의 추종자들과 싸우고 있었다.

"그럼 그 이유를 파악했소?"

"우리는 마르앙 시티의 서쪽에 있는 마나석 광산에서 알 수 없는 이유로 마기를 방출되고 있으며, 그 때문에 마르앙의 기존 세력이 줄기찬 마신 측의 공격에 무너졌다고 파악하고 있습니다."

에너지 이변 현상으로 인해서 대기 중의 마기 농도가 높아지면서 마력이나 마나 혹은 자연력 등을 사용하는 아인종들은 힘을 쉽게 회복하지 못하는 페널티가 생겼고, 그 결과 마기를 사용하는 마신의 추종자들에게 밀렸다.

그나마 신성력은 그 영향에서 어느 정도 자유로웠지만 그렇다고 예전처럼 기도를 통해서 쉽게 회복을 할 수는 없었다.

대기 중의 마기 농도가 높아지면서 이젠 신성력까지 영향을 받고 있었기 때문이다.

"어, 어떻게 한다는 건지 자세하게 듣고 싶소만……."

"여러분이 해 줘야 할 일은 계약서에 기재된 대로 우리의 지시대로 마신의 추종자들을 상대하는 겁니다. 우리가 굳이 설명해 줄 이유도 의무도 없습니다."

"하, 하지만 이건 마신의 추종자들로 인해서 힘겹게 삶을 이어 가고 있는 인류에게 너무나 중요한 사안이오!"

"그런 것에 별 관심이 없습니다. 그리고 그런 이유라면 성국이나 교국에 문의해 보십시오. 나는 성국이나 교국이 영역 전체를 신성력으로 가득 채울 수 있는 신성 마법진을 설치해서 마기의 확산을 막는 건 아니라고 생각합니다. 분명히 우리처럼 마기를 방출하는 마족의 수작을 간파해서 처리하는 것이 틀림없을 겁니다."

"설마 성국과 교국이 에너지 이변 현상의 이유와 대처 방안에 대한 비밀을 감추고 있다는 것이오?"

"나는 그렇게 생각합니다. 그리고 이미 에너지 이변 현상의 이유에 대해서는 명확하게 말을 해 준 것 같습니다만."

가온의 단호한 대답에 레오트론은 더 이상 아무 말도 하지 못했다.

사실 성국과 교국이 에너지 이변과 관련된 중대한 비밀을 가지고 있다는 것은 신전을 잃고 세상을 떠도는 사제들에게는 잘 알려져 있는 사실이다.

"아무튼 내일 새벽까지 우리 단원들이 마나석 광산이 더 이상 마기를 방출하지 않도록 조치할 겁니다. 우리는 그것을 확인하는 즉시 적을 공격할 겁니다. 묘인족과 호인족 전사들은 함께 남쪽을 맡아 주십시오. 그쪽에는 사제 50여 명과 700여 명의 마전사가 배치되어 있습니다. 그리고 마인트 용병단은 동쪽으로 진입해서 곧바로 사제 100여 명과 마전사 1천여 명이 머무르고 있는 사제관을 공격하십시오."

마르앙 시티의 서쪽은 길게 뻗은 작은 산맥으로 마나석을 포함한 다양한 광물을 채굴하는 많은 광산이 있었다.

"우리는 북쪽으로 진입해서 바로 본전을 치겠습니다."

"그럼 본전에 배치된 전력은 사제 50여 명에 마전사 1천여 명인가요?"

"사도와 대사제도 있지요."

당연히 북쪽에는 가장 강력한 전력이 배치되어 있었기에 다른 두 세력도 불만을 갖지 않았다.

그날 밤 자정이 되자 가온은 아홉 명의 수뇌부와 함께 마누의 힘을 빌려 공간 이동을 했다.

계속 진화한 마누는 이제 열 명까지는 공간 이동을 시킬 수 있었다.

도착한 곳은 마나석 광산에서 얼마 떨어지지 않은 숲속.

가장 먼저 아나샤가 나서서 사제 다섯 명과 마전사 50명이 배치된 광산 입구를 대상으로 홀리필드 마법을 발현했다.

마기가 급속하게 사라지고 그 자리를 신성력이 채우자 순간적으로 힘이 빠진 사제와 마전사 들을 대상으로 아레오가 추가로 마법을 걸었다.

"경직!"

방심을 하고 있다가 홀리필드 마법진에 갇히고 경직 마법까지 걸려 소리조차 내지 못하는 마족 사제들은 움직이려고 애를 썼고 어느 정도 효과가 있었지만 그때는 이미 늦었다.

마치 날듯이 달려오는 소드마스터들에 대항할 능력은 없었다.

순식간에 사제와 마전사 들의 목을 날려 버린 가온 일행은 곧바로 엄청나게 짙은 마기가 흘러나오고 있는 광산 안으로 진입했다.

광산 안에는 이미 카오스가 진입한 상태였다.

입구를 지키고 있는 병력이 있었지만 마신 바호벳의 사도는 곳곳에 함정과 마법진을 설치해 놓았다.

물론 그 함정과 마법진은 이미 카오스에게 간파된 상태라 가온 일행은 피하거나 아예 부숴 버리면서 빠르게 이동한 끝에 굴의 마지막 부분에 도달했다.

마신 바호벳의 추종자들은 마나석을 채굴하는 것이 목표가 아니었기에 마지막 부분은 이리저리 길게 뻗은 마나석 광맥을 따라서 거의 1킬로미터에 달할 정도로 구불구불하게 이어져 있었는데, 특이하게 광맥 쪽의 벽은 구간별로 아주 매

끄럽게 다듬어져 있었다.

'예상이 맞았군.'

매끈한 벽에는 마법진이 그려져 있었다.

가온은 심안을 발동해서 안쪽을 깊이 살펴봤는데 역시 마나석 광맥과 인접한 깊은 곳에 흡발석이 있었다.

당연히 마나석 광맥만 있는 것은 아니었다. 마나석 광맥과 100여 미터 거리에 두꺼운 영맥이 있었다.

이젠 당연히 마법진을 부숴 버리고 흡발석들을 뽑아내기만 하면 되는데, 가온의 손이 갑자기 멈추었다.

벼리나 파넬의 연구에 따르면 흡발석은 영맥이 방출하는 영력을 마나나 마기로 바꾸는 효과는 물론 영맥에서 방출되는 영력의 양을 정상보다 훨씬 많이 끌어내는 효과까지 있었다.

그것만이 아니다. 미세 마정석이 코어에 박힌 마법진은 마기를 흡수해서 바깥으로 방출하는 효과를 가지고 있었다.

'만약 마나석으로 미세마정석을 대체한다면 마나의 방출 속도나 양이 급증할 거야!'

그렇게 되면 마르앙 주위의 대기는 빠르게 예전처럼 돌아갈 것이다.

가온은 흡발석을 꺼내 마기를 방출하는 미세마정석을 뺀 후 마기 등 불순한 기운을 제거하고 다시 제 자리에 넣었다.

그 과정에 생각보다 시간이 걸리자 자신은 흡발석만 빼고 다시 제자리에 넣는 일만 맡기로 하고, 다른 일행에게 미세 마정석을 뽑아서 마기와 같은 불순한 기운을 제거하고 제자리에 집어넣도록 지시했다.

그 작업이 시작된 직후부터 횡으로 길게 이어진 좁은 동굴 안이 마기 대신 마나로 채워지기 시작하더니 얼마 후에는 사람들이 흥분할 정도로 마나가 농후해졌다.

이런 상황만 아니면 당장 자리를 잡고 앉아서 연공을 하고 싶을 정도로 농후하고 순수한 마나였다.

그 마나가 대기는 물론이고 동굴의 벽을 통해서 빠르게 외부로 이동하고 있었다.

'이 정도면 최소한 마르앙 시티 인근은 몇 시간 안에 마기가 사라질 거야.'

이제 마기의 영향은 더 이상 걱정하지 않아도 된다.

막 철수하려고 했을 때 카오스가 의념을 보내왔다.

—그냥 가려고?

'더 해야 할 일이 있나?'

—저 영맥, 탐나지 않아?

'당연히 탐나지.'

—내가 챙길까?

'그게 가능해?'

—카우마가 초고열선을 검처럼 사용해서 영맥을 주위의

암석과 분리하면 챙길 수 있어.

그런 방법이 있을 줄이야. 하지만 결코 쉬운 일은 아니다. 영맥은 엿이나 가래떡처럼 보기 좋은 형태가 아니라 뱀의 동체처럼 울퉁불퉁하고 심하게 휘어져 있었기 때문이다.

'일단 시도해 봐.'

영맥이 품고 있는 영력은 세상 모든 기운의 근원이다. 유일하게 신성력과는 관련이 별로 없는 것 같지만 마나는 물론 마족이 사용하는 마기의 근원도 바로 영력이 아닌가.

-그럼 저는 마나석을 챙길게요.

혼자 남은 마누가 시키지도 않았는데 자진해서 마나석 광맥 속에 있는 마나석을 챙긴다고 나섰다.

"다 된 것 같으니 잠시 나가서 마기의 변화를 살펴보자고."

"다 되었다고요?"

자신들이 한 일은 눈에 거의 보이지 않을 정도로 작은 미세 마정석을 검은 구체에서 뽑아낸 후 순화, 즉 마기 등 불순한 기운을 제거한 후 다시 제자리에 집어넣은 것밖에 없었다.

아레오도 그렇고 다른 사람들도 황당한 얼굴이었다.

"이건 흡발석이라고 부르는 아이템인데 벽 안쪽 깊숙한 곳에 있는 마나석 광맥이 방출하는 마나를 마기로 바꾸는 역할을 해."

"그럼 우리가 한 일은 마기 대신 마나를 그대로 방출하도록 하는 거네요?"

"맞아. 중요한 건 마신의 추종자들이 벽에 새긴 이 마법진 이야. 이 마법진은 흡발석을 통해 방출되는 마나의 양을 증폭하는 역할을 하지."

"그럼 이 마법진 덕분에 마나석 광맥이 정상적인 방출량보다 수십 배나 더 많은 마나를 방출하는 건가요?"

"수십이 아니라 수백 배는 될 거야."

그렇기 때문에 마신 바호벳의 추종자들이 마르앙을 장악한 직후 대기 중에 마기의 양이 빠르게 늘어난 것이다.

"오! 마족들이 이런 식으로 에너지 이변 현상을 만들어 낸 거구나!"

이제야 흡발석과 마법진의 비밀을 알게 된 단원들이 깜짝 놀랐다.

"그럼 이런 곳이 대륙 전체에 수천 아니, 수만 곳이나 된다는 얘기잖아!"

"어떤 의미에서는 참으로 대단한 놈들이네."

"그럼 겉으로는 포교를 두고 싸우는 것으로 보였던 마신의 추종자들끼리 은밀하게 행보를 맞추고 있었다는 거잖아!"

단원들은 그렇게 대화를 나누며 광산을 빠져나왔는데 역시 아까와 달리 마기는 거의 느껴지지 않았다.

'마나가 얼마나 빨리 퍼지는지에 따라서 전투력이 달라지겠네.'

마르앙 시티의 대기 중 마나 농도가 높아지면 높아질수록 이쪽의 전투력은 급증할 것이다.

　하지만 아직 이해가 가지 않는 점도 있었다.

　'대체 기존의 마나는 어디로 간 걸까? 또한 지금처럼 마기 대신 마나가 방출되면 마기는 어디로 가는 걸까?'

　그 부분은 아직도 수수께끼였다.

장악

새벽의 미명이 어둠에 잠겼던 마르앙 시티를 조금씩 밝히는 시간.

'녹스, 어때?'

-누가 깨워도 쉽게 일어나지 못할 거야.

가온은 마르앙 시티의 시민들에게 수면독을 풀게 했다. 마인이 된 것은 아니지만 이미 마기가 몸 안에 침투한 상태라서 자칫 사제들의 도구가 되어 날뛸 수 있었기에 아예 잠재워 버린 것이다.

'카오스, 마기의 변화는 어때?'

-마기의 양이 10분의 1로 줄었어. 마나와 자연지기가 그 자리를 차지했고.

성공이다. 아직 좀 미흡하기는 하지만 더 이상 공격을 늦출 수는 없다.

아마 낮에 이런 에너지 변화가 일어났다면 마신 바호벳의 추종자들은 금방 알아차렸을 테지만, 경계를 서는 자들이 가장 방심한 시간에 발생했기에 알아차리지 못한 것이다.

'공격!'

가온은 마르앙 시티의 남쪽에 있는 작은 숲에 은신한 상태로 신호를 기다리고 있는 아가르타와 무타 그리고 동쪽의 높은 언덕 아래에서 대기하고 있는 마인트 용병단의 미로네스 공주에게 의념을 보냈다.

마르앙 시티의 성벽은 5미터나 되어 무척 높았지만 그동안 제대로 보수를 하지 않아서 이곳저곳에 홈이 파이고 부서진 곳들이 많아서 전사들은 빠르게 벽에 올라섰다. 그리고 경계를 서는 사제와 마전사 들을 순식간에 정리해 버렸다.

아니테라 용병단이 맡은 북쪽 구역 역시 순식간에 정리가 되었다.

한창 졸고 있던 사제와 마전사 들은 마법사들의 매직 미사일을 맞고 비명조차 지르지 못하고 즉사했다.

그사이 가온은 몸에 마기를 두르고 투명화 스킬을 펼친 상태에서 도시 안으로 날아서 들어갔는데 시청 건물을 밀어 버리고 새로 지은 본전이 그의 목표였다.

굳게 닫힌 본전의 정문에는 사제 다섯 명과 마전사 30명이

있었는데, 졸거나 졸지 않더라도 가온의 접근을 전혀 알아차
리지 못했다. 당연히 가온의 무형인에 의해서 빠르게 목이
날아갔다.

가온보다 조금 늦게 도착한 아나샤는 결계술사들의 도움
을 받아서 빠르게 신전을 감싸는 신성 마법진을 그렸고 아레
오가 미리 받은 성석을 서브 코어에 단단히 꽂았다.

그렇게 준비가 끝났을 때 사방에서 비명이 들려왔고 특히
마인트 용병단이 맡은 동쪽에서는 새까만 연기와 함께 화염
이 높이 솟구쳤다. 사제와 마전사 들이 거처하는 사제관들에
불을 지른 것 같았다.

그때 신전 밖에서 들려오는 비명을 들었는지 닫혀 있던 신
전의 문이 열렸고, 사제와 마전사 들이 급하게 튀어나왔다.

하지만 그들은 신전을 빠져나오기가 무섭게 양옆에 대기
하고 있던 아니테라의 전사들이 휘두른 칼에 몸이 양단되어
버렸다.

하지만 모두 그렇게 당한 건 아니다.

대사제 한 놈은 검풍을 감지하는 순간 꺼지듯 사라지더니
30여 미터 떨어진 곳에 나타났다.

놈은 주위를 한번 훑어보는 것으로 상황을 인지하고 전격
을 방출하려는 듯 두 뿔 사이에 전격이 일렁였는데, 뭘 해 보
기도 전에 가온이 날린 무형인이 목을 싹둑 잘라 버렸다.

그걸로 끝이 아니었다. 머리가 잘린 육체가 머리를 찾는

듯 무릎을 꿇고 바닥을 손으로 훑을 때 가온이 무형인을 날리자마자 발현한 홀리 파이어가 머리를 덮쳤다.

화르르.

마족 대사제의 머리는 순식간에 타 버렸고 머리를 찾아 헤매던 육체는 머리가 사라진 것을 느낀 듯 풍선처럼 팽창했지만, 뒤이어 날아온 또 다른 신성한 화염에 휩싸여 순식간에 가루가 되어 흩어졌다.

그렇게 신전 밖으로 나온 마족 사제와 마전사 들이 영문도 모르고 죽어 나가는 상황을 인지한 마신의 추종자들은 나오길 포기하고 문을 단단히 걸어 잠갔다.

그렇지만 그때는 아레오가 이끄는 마법사들이 신전의 외벽과 테라스 바닥에 새겨진 마법진들을 꼼꼼하게 훑어보면서 코어나 서브 코어에 박힌 미세마정석들을 빼내고 있었다.

"아나샤!"

"발현!"

미리 준비하고 있던 아나샤가 자신의 신성력을 마법진에 주입하자 신전을 포함한 영역이 신성력으로 가득 찼다.

그 직후 문이 잠깐 열리고 왜소한 체격의 한 마족이 나오는가 싶더니 순식간에 흩어졌다가 바로 비명과 함께 10미터 정도 떨어진 곳에 나타났는데, 온몸이 흰 화염에 휩싸여서 타고 있었다.

'마력으로 그린 텔레포트 스크롤이나 아이템도 신성력이

충만한 이 공간에서는 무용지물인데 마기로 작동하는 아이
템을 사용하다니 죽으려고 환장을 했군.'

아나샤가 발동한 신성 마법진은 마나의 유동 자체를 막지
는 않지만, 마기의 경우는 달랐다. 상극에 해당하는 마기의
유동은 아예 막아 버리는 것이다.

"다들 물러나요!"

시르네아의 외침에 사람들이 신성 마법진 밖으로 나오자
길이만 5미터에 육박하는 거대한 오러 블레이드가 신전을 향
해 날아갔다.

꽈아아앙!

귀가 먹먹해질 정도로 강력한 폭발음과 함께 돌을 통째로
깎아서 만든 본전의 정문 쪽이 산산조각이 났는데, 그게 끝
이 아니었다.

본전 주위를 일정한 거리를 두고 선 대전사장들이 자신의
앞쪽을 향해 오러 블레이드를 날렸다.

오러 블레이드를 날리는 건 최소한 소드마스터 중급 실력
자라는 것을 의미하기에, 멀리 떨어진 곳에서 매직아이 마법
을 건 상태로 이쪽을 지켜보던 마인트 용병단의 마법사들이
나 그들로부터 그 사실을 전해 들은 사제들은 기함했다.

그렇게 신전의 벽이 오러 블레이드들에 의해 산산조각이
나 버리자 내부가 드러났는데, 파편을 막기 위해서 만든 불
투명하고 두꺼운 마기막만 보였다.

하지만 곧 마기막이 걷히고 안이 드러났다. 사도로 보이는 거대한 체구의 마족과 음침한 분위기의 늙은 대사제 한 명이 중앙에 있고, 사제 50여 명과 마전사 400여 명이 그들을 두껍게 감싸고 있었다.

"감히 어느 놈이 대마신 바호벳의 신전을 부수었느냐?"

음성이 얼마나 큰지 대기가 요동을 칠 정도였다.

"홀리 스피어!"

신성 마법진에 신성력을 불어 넣고 있던 아나샤가 다른 한 손으로 펼치자 새하얀 창이 만들어지더니 사도를 향해 빠르게 날아갔다.

"허접한 이 세계의 신의 종자구나!"

사도가 코웃음을 치고 사제들이 힘을 모아 시커먼 방패를 만들어 신성력으로 구현된 창을 향해 내밀었을 때 빠르게 밝아지고 있던 하늘이 순간 시커멓게 변하는가 싶더니 새하얀 뇌전창이 무서운 속도로 사도를 향해 떨어졌다.

어느새 하늘로 날아오른 가온이 스킬 강화를 사용해서 등급을 올린 홀리 이그니스 스피어, 즉 뇌신창을 사도를 향해 던진 것인데, 염력과 중력이 동시에 작용해서 음속에 가까운 속도로 날아갔다.

아나샤와 신전을 부순 침입자에게 신경을 곤두세우고 있던 사도는 불길함을 감지하는 즉시 마기로 막부터 만들었지만, 막이 채 생성되기도 전에 거대한 새하얀 뇌신창이 그의 머리에 꽂혔다.

"크악!"

가운데 뿔을 부수고 머리에 꽂힌 뇌신창은 순식간에 상체를 뚫고 사타구니 사이로 빠져나왔다. 그리고 곧 사도의 몸은 새하얀 화염에 휩싸였다.

"사도님!"

"테파드론 님!"

사제와 마전사 들이 당황해서 어쩔 줄 모르고 있을 때 높이 올라갔던 시르네아의 손이 아래로 떨어졌다.

"공격!"

대전사장들을 필두로 아니테라의 전사들이 일제히 신전을 향해 쇄도했는데, 그 전에 마법사들이 발현한 마법이 안쪽에 있는 대사제와 사제들을 향해 날아갔다.

사도를 허무하게 잃고 충격에 빠진 마신 바호벳의 추종자들은 얼마 지나지 않아서 무너졌다.

대사제와 사제들은 당황한 상황에서 20명의 마법사가 발현한 기가 라이트닝 마법의 목표가 된 것이다.

대사제부터 당장 마기의 막부터 만들었지만 무려 6서클에 해당하는 기가 라이트닝이 집중되자 막은 순식간에 녹아 버렸고, 대사제와 사제 태반이 시퍼런 뇌전에 휩싸였다가 차례로 숯이 되어 버렸다.

뇌전은 신성력과 함께 마기의 상극이었고 스무 줄기의 뇌전이 한곳에 집중되었으니 대사제라고 하더라도 벗어날 수 없었다.

가장 안쪽에 있는 대사제와 사제들이 무사했다면 마전사들도 제 능력을 발휘할 수도 있었겠지만, 안 그래도 마기와 상극인 신성력이 가득한 공간에 갇힌 상태에서 사방에서 검기와 오러 블레이드가 날아오자 빠르게 쓰러져 버렸다.

도망칠 곳도 없었다. 완벽하게 포위된 상태였기 때문이다.

가온은 지난번처럼 심안을 발동한 상태로 신성력에 가루가 되어 소멸된 사도가 있던 자리에서 사도의 분혼을 발견할 수 있었다.

―제발!

사도의 분혼이 주절거리는 소리는 들을 필요가 없었다. 곧바로 스킬 강화를 통해서 SS급 위력을 가진 영혼 흡수 스킬을 발동하자 분혼이 파장으로 변하면서 가온의 영혼 파장에 흡수되기 시작했다.

그리고 지난번처럼 분혼이 가진 기억과 지식이 밀물처럼 머릿속으로 전해졌다.

가온은 이번에도 취사 선택을 해서 기억과 지식을 흡수한 후 분혼을 영혼 주머니에 넣었는데 얼굴이 무척 심각해졌다.

'이런! 마신 바호벳의 분혼이 이미 소환되었구나!'

뒤늦게 이 세계로 건너온 마신 테라르의 추종자들이 시도했던 만큼 이미 성공한 경우가 있지 않을까 생각했는데, 예상이 맞았다.

마신 중 가장 강력한 교세를 확보한 바호벳의 분혼은 이미 소환 의식을 통해서 이곳으로 건너왔고 추종자들의 도움을 받으며 힘을 찾는 중이었다.

게다가 사도의 분혼이 기억하는 마신의 분혼이 가진 능력은 엄청났다.

'제기랄! 이렇게 되면 서둘러야겠네.'

조금만 더 일찍 이곳으로 건너왔다면 좋았을 테지만 어쩔 수 없었다.

이미 소환된 마신 바호벳의 분혼이 등장했다.

거기에 이게 끝이 아니다.

마신의 추종자들이 다투어 소환이나 빙의 의식을 치르고 있는 것으로 봐서 벌써 다른 마신의 분혼도 몇 정도는 소환되었다고 봐야만 했다.

'최악이군!'

그나마 위안이 되는 것은 인간의 육체로는 분혼의 전력을 끌어낼 수 없기 때문에 발휘할 수 있는 능력이 한정적이라는 사실이다.

'그래서 마신 테라르의 추종자들은 아주 특별한 육체를 준비했었던 거야.'

문제는 그런 시도를 한 마신의 추종자가 더 이상 없다고 자신할 수 없다는 사실이다.

이제 할 일은 최대한 빠른 속도로 마신의 추종자들을 해치우는 것인데, 자신이나 아니테라만의 전력으로는 불가능했다.

'어떻게든 마툰 차원의 아인종들이 마신의 추종자들을 상대하게 만들어야 해.'

거기에 더 이상 마족이나 마인이 설치지 못하도록 환경을 예전으로 돌려놓아야만 했다.

이 세계의 마법사나 사제는 영맥을 알아보지 못하는 것 같았기에 더욱 가온이 바쁘게 움직여야만 하는 상황이니, 마신의 추종자들을 맡아 줄 전력들이 나타나야만 했다.

그러려면 지금은 신전별로 흩어져서 방랑하는 사제들을 끌어들여야 했다. 그리고 궁극적으로는 안전한 영역에서 눈치만 보고 있는 성국과 교국도 움직이게 만들어야 했다.

'시간 싸움이 되겠군.'

앞으로는 좀 더 빠르게 움직여야만 했다.

그렇다고 서두를 필요는 없었다. 차원석에서 에너지를 추출할 수 있는 방법이 나온 만큼 아니테라 전단원들의 전력을 최대로 높이는 것이 먼저였다.

그때까지는 수련의 효과가 별로 없는 자신을 포함한 일부 전단원들이 설인족, 호인족, 묘인족 그리고 마인트 용병단과 연합해서 마계에 연원하는 던전과 이미 완성된 포탈을 깨뜨리는 데 최선을 다해야만 했다.

'어렵다!'

그래도 이제 막 전해지는 안내음을 확인하니 불가능할 것 같지는 않았다.

시스템이 그와 아니테라 전단이 빠르게 성장할 수 있도록 도와주고 있었다.

다음 권으로 이어집니다

꿈의 도약, 로크에서 하십시오
(주)로크미디어에서 신인 작가를 모십니다

즐거운 세상, (주)로크미디어는 꿈을 사랑하고 도전을 두려워하지 않는 작가분들의 참신한 작품을 기다리고 있습니다. 21세기 장르 문학계를 이끌어 갈 차세대 선두 주자 (주)로크미디어에서 여러분의 나래를 활짝 펴 보시길 바랍니다.

모집 분야 판타지와 무협을 포함한 장르 문학

모집 대상 아마추어 작가, 인터넷 작가

모집 기한 수시 모집

작품 접수 시 유의 사항

1. 파일명은 작가명_작품명.hwp 형식을 갖춰 주십시오.

1. 파일에 들어갈 내용은 다음과 같습니다.

   — 성명(필명인 경우 실명을 밝혀 주세요), 연락처, 이메일 주소.

   — 제목, 기획 의도.

   — A4용지 1장 분량의 등장인물 소개.

   — A4용지 2장 분량의 전체 줄거리.

   — 본문.

1. 작품이 인터넷에 연재되고 있다면, 게시판명과 사이트의 구체적이고 정확한 주소를 기재해 주십시오.

선택된 작품은 정식 계약 후 출판물로 간행되어 전국 서점에 유통됩니다.

작가분은 (주)로크미디어의 전폭적인 지원하에 전속 작가로 활동하시게 됩니다.

※ 자세한 내용은 로크미디어 홈페이지(rokmedia.com)를 참조하세요.

(04167)서울시 마포구 마포대로 45 일진빌딩 6층

(주)로크미디어 편집부 신간 기획 담당자 앞

전화 : 02)3273-5135

www.rokmedia.com   이메일 : rokmedia@empas.com